Bierige Geschichten

K.H. Neff

Bierige Geschichten

Erzählungen

K.H. Neff

Bibliografische Information der Deutschen Nationalbibliothek: Die Deutsche Nationalbibliothek verzeichnet diese Publikation in der Deutschen Nationalbibliografie; detaillierte bibliografische Daten sind im Internet über dnb.dnb.de abrufbar.

2. Auflage, 2019

Cover: Andreas Wieckowski   andwiec@gmail.com

Text und Satz :   K.H. Neff   k.h.neff@outlook.de

Herstellung und Verlag:
BoD – Books on Demand, Norderstedt

Inhaltsverzeichnis

Vorwort

Vorwort

Schon vor tausenden von
Jahren braute der Mensch
sein Bier.

Unsere schnelllebige Zeit
entschleunigen, kann mit
einem Getränk gelingen,
das in maßen genossen,
gesundheitsfördernd ist,
Glückshormone freisetzt,
sowie einem nach getanem
Werk zufrieden und müde
zurücklehnen lässt.

Von diesem Kulturgetränk
handeln die folgenden 13
Erzählungen und Geschichten.

Mordshunger

Sie hoben ihre durchnässten Rucksäcke aus dem Kofferraum des verbeulten Autos und bedankten sich fürs Mitnehmen. Der Fahrer streckte die Hand aus dem Seitenfenster, mit erhobenen Daumen rief er noch: «Viel Glück!»

Bald gab er gas und verschwand hinter einer Kurve. Die zwei schauten entlang der schmalen Fahrbahn, die ins Dorf führte. Sie sahen keine Menschenseele.

«Charly, was ist das für ein Nest?», fragte der Großgewachsene den Kleineren.

«Tikitiki», antwortete dieser.

Der Kräftige schloss die Halteschnallen des Rucksackes, schaute zu seinem Reisegefährten und raunte: «Wie dieses Kaff heißt weiß ich auch. Hier herrscht ja Totenstimmung.»

Charly stand neben seinem abgestellten Trampersack. Er schaute sich um. Da sagte er: «Peter, siehst du das Gebäude dort? Das ist ein Kaufhaus.»

«Wo Charly? Wo? Du siehst schon Hirngespinste. Du weißt genau, wenn ich hungrig bin, verstehe ich keine dummen Späße.»

«Dort Peter. Das hellgrüne Haus hinter dem Schuppen. Das muss eins sein.»

Peter starrte in die angegebene Richtung, spuckte auf den Boden und sagte: «Wir haben gestern nur ein mickriges Frühstück gegessen. Mein Magen ist zu einem Golfball zusammengeschrumpft. Charly, wenn das kein Geschäft ist, fängst du eine.»

Wortlos schnallte sein Kumpel den prallen Rucksack um. Die Tramper latschten am Schuppen vorbei. Sie näherten sich dem Holzhaus. Charly, der an seinem Tragriemen zerrte, meinte: «Ich sehe weder ein Auto noch sonst etwas vor dem Geschäft. Vielleicht ist es geschlossen.»

Mit hastigen Schritten überholte Peter seinen Kameraden. Er eilte zur Stiege, riss an der Tür und schrie: «Die Schweine haben zu!» Er hockte sich auf das unterste Brett der Treppe. Aus seinem Mund erklang nur ein Wort, laut und deutlich: «Verdammt!»

Charly folgte nach oben. Er murmelte: «Nachmittags wegen Begräbnis geschlossen.»

«Charly, was quatschst du da?»

Dieser wiederholte das soeben Gelesene. Peter schaute in den bewölkten Himmel. Er krächzte: «Nichts als Wolken. Scheint hier den nie die Sonne? Charly, ist es schon nach Mittag?»

«Als wir ausgestiegen sind, war es nach eins. Ich habe es auf der Uhr am Armaturenbrett gesehen.»

Peter hockte nach vorne gebeugt auf der Holztreppe, starrte zu Boden und murmelte: «Typisch. Genau heute Nachmittag ist ein Begräbnis, nicht gestern und auch nicht morgen. Nein. Heute, wenn wir hier sind.»

Charly hopste nach unten, klopfte seinem Freund auf die Schulter und hauchte ihm ins Ohr: «Peter, schauen wir weiter. Versuchen wir, in den nächsten Ort zu kommen.»

«Ich mag nicht mehr ... Du Charly, der Fahrer vom Kühltransporter hat doch gesagt, dass bis Tikitiki ein Fischtransporter seiner Firma fährt.»

«Ja, der diesen Küstenstreifen von Gisborne aus beliefert. Der kommt am Nachmittag», antwortete Charly, der die nasse Straße, welche Richtung Ostküste führte, betrachtete. Peter sagte darauf: «Der Fahrer des Transporters hält hier, um Kaffee zu trinken, das hat der Mann erwähnt. Komm, suchen wir die Kneipe.»

Charlys Augen fixierten immer noch die von Regenlachen übersäte Asphaltpiste.

«Gut, Peter. Suchen wir das Lokal.»

Die Männer folgten der nicht geteerten Straße in den Ort. Die ganze Zeit, in der sie marschierten, trafen sie keinen einzigen Bewohner, sie sahen nicht einmal ein Tier. Die beiden ließen einige Häuser hinter sich, da entdeckten sie das Gasthaus. Verschmutzte Fahrzeuge standen davor. Die Autos, der Parkplatz und auch der Eingangsbereich hatten die gleiche Farbe. Alles war braun, morastig braun. Vor dem Eingang lag ein Holzpfosten. Sie wateten über dieses rutschige Brett, stoppten vor der Tür.

«Das hat ja gar keinen Namen. Das Wirtshaus hat keinen Namen. Es gibt kein einziges Namensschild.»

«Das ist mir egal. Charly, mir ist völlig egal, ob diese Bude einen Namen hat oder nicht. Ich möchte nur etwas Warmes zu essen», fauchte Peter. Er öffnete die Tür. Die beiden betraten das Lokal, grüßten und schlenderten an der einfachen Holztheke entlang. Die Gespräche der Anwesenden verstummten. Konzentriert verfolgten sie die Bewegungen der Fremden. Neben dem Tresen war nur noch Platz für ein paar kleine, runde Stehtische. Die Tramper schritten zu einem, ihr Gepäck stellten sie zur Wand.

Ein Mann lehnte hinter der Theke. Er beobachtete die zwei. Charly bemerkte die Blicke der Anwesenden. Peter, der mit dem Rücken zu den Gästen stand, suchte auf dem Tisch nach einer Speisekarte, da registrierte er den Fußtritt seines Kameraden. Verärgert sah er ihn an. Charlys kurzes Blinzeln reichte. Peter sah sich achtsam um, erst jetzt bemerkte er die starrenden Maori.

Mit einem Tuch trocknete der Wirt einige Gläser, seine Augen fixierten die Fremden. Peter schlenderte zur Theke.

«Wir möchten etwas zu essen und zwei Bier, bitte.»

Der Mann hinter dem Tresen stellte die Gläser ohne Eile ins Regal. Er sah Peter in die Augen.

«Das ist ein Pub, kein Restaurant. Bier bestellt man hier nach Krügen.»

Verdutzt antwortete Peter: «Gut, dann bekommen wir einen Krug Bier. Sie haben doch bestimmt etwas zu essen, oder?»

Der Maori lächelte. Seelenruhig verschränkte er seine Hände.

«Die Chips und auch gesalzenen Erdnüsse sind aus. Durch das

8

Begräbnis haben sie heute nichts mehr geliefert, leider ist das so.»

Jetzt füllte er einen Bierkrug, stellte ihn auf die Theke, nannte den Preis und tippte diesen in eine wuchtige Registrierkasse.

Charly trat mittlerweile vor und Bezahlte. Peter nahm den Krug, seine Augen strahlten, seine Zunge glitt über die spröden Lippen. Charly verstaute das Wechselgeld. Sein Hirn analysierte ihre finanzielle Lage, sein Körper folgte mit den Trinkgläsern.

Kopfschüttelnd äußerte Peter: «Der hat nur Flüssignahrung.»

Sodann schenkte er ein, rasch leerten sie die Gläser. Die Einheimischen tuschelten. Die Tramper verstanden die Worte Kanada und England. Charly schlenderte jetzt zur Toilette. Nach dem Händewaschen nahm er einen kräftigen Schluck Wasser. Er sah sich um, schließlich zählte er das vorhandene Geld und kehrte in die Gaststube zurück. Sein Kumpel hatte bereits nachgeschenkt. Ohne Eile griff Charly zum Glas.

«Peter, wir müssen mit unserem Geld haushalten. Alkohol ist im Budget nicht vorgesehen.»

«Der eine Humpen wird wohl kein Problem sein.»

Sogleich kippte Peter wiederum sein Glas. Charly trank jetzt außergewöhnlich bedächtig.

Es strömten immer mehr Einheimische in die Kneipe, die überrascht waren zwei Fremde anzutreffen. Die Tramper leerten den Pokal. Peter forderte sogleich den nächsten Krug. Schließlich überredete er Charly, der die Finanzen verwaltete, nach einer sachlichen Diskussion, noch einen Letzten zu bestellen. Dieser zückte einen zerknitterten Schein aus der Hosentasche, schlich zur Theke und kam mit dem vollen Krug zurück. Gemächlich schenkte er die Gläser halbvoll.

«Sauf nicht so schnell! Das ist der Letzte!», warnte er seinen Freund. Die Observierten tranken Glas um Glas, das Bier schmeckte und Peters Hungergefühl verschwand.

Im Lokal erschienen immer mehr Leute darunter auch Mädchen

und Frauen, die den Fremden flüchtige Blicke zuwarfen. Die zwei Exoten zogen die Aufmerksamkeit auf sich. An der Theke wurde es enger. Drei Männer besetzten den letzten freien Stehtisch. Sie begrüßten die Reisenden. Zurückhaltend erwiderten diese. Charly, der an den Männern vorbei in Richtung der Damen Schaute meinte zu seinem Kameraden: «Heute ist ein Donnerstag, am Wochenende stehen sie wohl bis zur Veranda.»

«Die Beerdigung», entgegnete sein Kumpel.

Charly benetzte die Lippen, Peter kippte sein Glas. Einer der drei Maori prostete ihnen zu. Die zwei Fremden erhoben ihre Gläser. Charly das viertel Gefüllte. Peter das Leere.

«Halt!», rief der Kleinste der drei und fügte gleich hinzu: «Du hast gar kein Bier mehr in deinem Glas.»

«Oh, wirklich», sagte Peter verblüfft. Der Mann schenkte ihm ein. Sie stellten einander vor und es dauerte nicht lange, bis der grauhaarige kleingewachsene Mann ihn fragte: «Aus welchem Land kommt ihr?»

«Wir kommen aus Österreich», antwortete Peter. Beiläufig wischte er den Schaum vom Mund. Sie plauderten miteinander. Da begann Charly gezielt zu fragen: «Kommt heute nicht der Fischkühltransporter? Wir möchten nämlich nach Gisborne.»

John, der Grauhaarige drehte sich zu seinem Kumpel: «Samuel, der Transporter trifft doch jeden Donnerstag ein oder?»
Samuel machte einen großen Schluck, setzte das Glas am Tisch ab und rülpste beglückt.

«Ja. Jeden Donnerstag. Bis auf die Monate Oktober, November und Dezember.»

«Bist du dir sicher», sagte John, der jetzt auch noch den Wirt befragte. Dieser nickte und meinte: «Diese Woche kommt der Fahrer nicht hierher.«

«Für einen Donnerstag ist hier aber viel los. Das hat doch sicher mit dem Trauerfall zu tun», sagte Charly zum Kleingewachsenen.

John schenkte nach, mit ruhiger Stimme erzählte er den Fremden. «Nein, die Leute sind nicht wegen der Beerdigung hier. Donnerstags gibt es den Scheck. Jeder Arbeitslose erhält einmal in der Woche seine gerechte Unterstützung. Prost meine Herren auf den Sozialstaat.»

Jim der dritte der Gruppe, nickte gelegentlich mit dem Kopf. Er redete nicht, holte aber ständig die frisch gezapften Krüge, die sie mit der staatlichen Unterstützung beglichen. Einer nach dem anderen bezahlte, wobei die durstigen Ausländer immerzu eingeladen wurden.

Nebenan stritten zwei Männer. Sie lärmten, die Fäuste flogen, schon lag der Größere der Streithähne am Boden. John winkte mit der Hand und beruhigte die Gäste: «Das ist kein Problem. Wir sind alle eine große Familie, das ist lediglich eine kleine Meinungsverschiedenheit. Nichts Beunruhigendes.»

Es wurde fröhlich weiter getrunken. Die benebelten Faustkämpfer klärten noch zweimal ihre belanglosen Probleme, wobei der Größere sich jedes Mal am Boden ausruhte. Hinterher verbrüderten sich die beiden und tranken vom selben Krug.

Zwei Mädchen, die schon längere Zeit neben einander an der Theke standen, begannen zu feilschen. Ebenfalls nur ein Familienzwist. Beide zeigten Interesse für den gleichen Burschen. Die Muskulöse zog ihre Widersacherin an den langen Haaren.

«Das klären wir draußen!», brüllte sie und zerrte diese ins Freie.

Die umherstehenden Männer lachten. Kurz darauf wurde die Tür aufgestoßen, und das langhaarige Mädchen in die Gaststube geschupst. Sie stützte sich am Tresen, betastete mit den Fingern ihre blutende Unterlippe und strich sich durchs Haar. Die Siegerin stand Hände reibend beim Eingang, stolzierte zur Ausschank und posierte dort. Das Streitobjekt lehnte jetzt zwischen den Amazonen. Der umkämpfte Mann hob flüchtig den Kopf, starrte auf den gefüllten Krug und leerte anteilslos sein Glas. Die siegreiche Kämpferin schmiegte ihren Körper an seinem und gierig versuchte sie, ihn zu küssen. Charly, der zuvor andauernd die Mädchen betrachtete, wagte fortan keinen Augenkontakt mehr. Stattdessen glotzte er hypnotisiert in sein Glas.

«Alles in Ordnung. Das sind Kleinigkeiten», versicherte John. Sie unterhielten sich über Sport und Politik. Samuel stellte sein Bierglas nieder, neugierig guckte er auf John's Uhr, dann sagte er: «Es ist zehn vor acht, mein Cousin wird bald hier sein. Wir sind zu einer Feier eingeladen. John, du kommst mit uns oder?»

«Was fällt dir ein? Ich kann doch nicht die beiden Gentlemen verlassen», antwortete dieser erregt.

Da klopfte Samuel energisch auf die Tischplatte.

«Die kommen mit!», rief er jetzt aus voller Kehle.

«Eine Feier?», fragte Peter den aufgebrachten Samuel.

«Ein Bekannter ist in ein neues Haus eingezogen und gibt eine Party. Ihr kommt mit uns. Das Gepäck könnt ihr hier lassen.»

«Ja gerne», antwortete Peter, ohne zu zögern.

Der Cousin erschien und sie verließen die Kneipe. Nur der schweigsame Jim kam nicht mit zu Party.

Nach einer längeren holprigen Fahrt erreichten sie den Neubau. Wasserlachen zierten das gesamte Grundstück. Über diesen lagen zum Teil im Morast versunken, aufgelegte Holzpfosten. Unsicher wateten sie über den schaukelnden Behelfssteg. Auf der Veranda zogen sie ihre frisch eingefärbten Schuhe aus. Gleich betraten sie das kürzlich errichtete Haus.

In einem weitläufigen Raum saßen Leute auf Holzkisten oder Bierkästen. Sie tranken und plauderten. Spät bemerkten sie die Neuankömmlinge. Die Tramper betrachteten das Anwesen.

«Hier gibt es gar keine Möbel» sagte Charly zu seinem Freund. Er lachte. Da erschien der Hausherr. Eine Mischung aus Eskimo und Sumoringer. Ein wohlgenährter behäbiger Koloss. Es überraschte ihn nicht, Gäste zu haben, die er noch nie gesehen hatte.

Er grüßte kurz, lud die Ankömmlinge ein, auf Kisten Platz zu nehmen, und beauftragte einen der Anwesenden, den Männern Getränke zu bringen. Sofort brachte dieser mehrere Bierflaschen. Gleich sprach er mit Samuel. Die Europäer hockten auf leeren umgedrehten Bierkästen. Peter nahm einen kräftigen Schluck. Er stellte die Flasche zu Boden. Jetzt flüsterte er zu seinem Kumpel: «Ich hab so einen Kohldampf, und wenn ich nicht sofort etwas zum Beißen bekomme, zucke ich aus. Die haben hier sicher was zum Futtern.»

«Ich seh mich um. Ich brauche auch was zwischen den Zähnen.»

Charly stand auf, verließ den Raum und begann das Haus zu begutachten. Nach ein paar Minuten tippelte er zurück.

«Hast du ohne mich etwas gefuttert? Wo haben sie die Fressalien? Komm schon, sag es mir.»

Charly schüttelte den Kopf. Er lachte. Es folgte seine Schilderung.

«In keinem Zimmer stehen Möbel. Es gibt keinen Tisch, nicht einmal einen Sessel. Außer einem Küchenblock habe ich nichts gesehen.»

Peter sah seinen Kumpanen in die Augen. Mit erregter Stimme sagte er: «Auf was die hier sitzen, oder liegen, ist mir egal. Ich brauche was zu futtern, und zwar jetzt. Charly, die Maschine gehört geschmiert, ich brauche Fleisch, viel Fleisch, egal von was für einem Tier. Sonst werde ich noch zum Kannibalen. Hier muss es Essen geben oder warst du schon mal auf einer Feier, wo es nichts zum Schmausen gegeben hat. Im Kühlschrank! Charly, dort haben sie die zubereiteten Appetithäppchen versteckt.»

Charly sah ihn an.

«Peter, im Kühlschrank liegt nur eine Bedienungsanleitung, der ist nicht einmal eingeschaltet. Ich habe jedes Fach kontrolliert - es gibt nichts. Der Herd und der Kühlschrank sind nicht mal ans Stromnetz angeschlossen.»

«Verdammt! Charly, das darf ja nicht wahr sein. Wir sollten ...»

Jetzt kamen Samuel und der Gastgeber zu den beiden Tramper. «Ah, das sind die lieben Gäste aus Europa. Es freut mich sehr.» Der Nachkomme der Ureinwohner Neuseelands prostete den beiden zu.

«Ich heiße Maui. Ich muss euch unbedingt auf traditionelle Maoriart begrüßen.»

Die zwei Europäer standen auf. Wie ein Krieger stellte sich Maui dem Kleineren der zwei gegenüber. Er streckte den Kopf nach vor. Charly betrachtete den Gastgeber. Der Fleischberg kam ihm mit offenem Mund immer näher. Charly schloss die Augen, öffnete den Mund und wartete.

«Was machst du da?», rief Maui.

«Nase, nicht Mund.»

Der Maori drückte zweimal mit dem Riechorgan gegen Charlys. Mit tiefer, feierlicher Stimme dröhnte er: «Hoonggii!»

Auch mit Peter vollzog er das Ritual.

Weitere Gäste trafen ein, die der Gastgeber gewöhnlich begrüßte. Schließlich meinte Maui, es wäre Zeit für eine Ansprache.

Der Hausherr versuchte mehrmals, mit der Festrede zu beginnen doch störte seine Frau ständig. Mürrisch betrachtete er sie. Er wagte es nochmal. Als seine wohlgenährte Gemahlin von der Flasche trank, glückte es ihm. Zwischendurch sprach er sehr laut, da seine Angetraute lallte, kicherte oder ähnlich einem Schwein grunzte. Zum Schluss sagte er noch: «Einen besonderen Dank an meine Freunde, die aus Europa angereist sind.»

Jetzt forderte er die Gäste auf, eine Rede zu halten. Nach kurzem Beraten fauchte Peter: «Immer soll ich das machen. Charly, es ist jedes Mal das Gleiche.»

Peter stand auf. Er trat in die Mitte des Zimmers. Er wartete. Die Gastgeberin war voll in Fahrt gekommen, gegen diese raue Stimme anzukommen schien unmöglich. Peter marschierte geradewegs auf sie zu, einen halben Meter vor ihr stoppte er.

14

«Bevor ich beginne ...» Er unterbrach kurz, zeigte mit dem Zeigefinger auf die Frau und brüllte: «Haltest du deinen Mund!»
Mit ausgehängtem Kiefer starrte sie zu Peter. Im Raum herrschte eine unnatürliche Stille. Der Gastgeber schnellte nach vor, die Hände verschränkte er vor der massigen Brust. Charly sprang sofort auf, registrierte, dass Maui und mehrere Kisten ihnen den Fluchtweg verstellten.

Jetzt begann der Riese laut zu wiehern. Es dauerte nicht lange und bis auf Mauis Liebste, die keinen Ton von sich gab, lachten alle Gäste. Peter setzte seine Ansprache fort.

«... gerne sind wir extra aus Europa angereist, um Maui einen Besuch abzustatten, und die Einweihung dieses schönen, von Architektenhand gelungenen Anwesen zu zelebrieren und Glück zu wünschen.»

Die Leute applaudierten. Der Hausherr stampfte auf Peter zu. Er schüttelte beide Hände seines Überseegastes. Tränen kollerten auf den neu verlegten Fußboden.

«Danke, vielen Dank. So, meine europäischen Freunde. Bitte, schnappt euch noch ein Bier und lasst uns feiern.»

Sie tranken, Maui wich den Ehrengästen nicht mehr von der Flanke. In einem günstigen Augenblick erwähnte Charly den neuen Küchenblock dazu die praktische Anordnung der Küche. Darauf begaben sie sich dorthin. Der Hausherr erklärte begeistert die geplante Aufteilung des leer stehenden Raumes. Peter klopfte dem Koloss auf die Schulter. Er fragte: «Habt ihr hier gar keine Lebensmittel?»

«Nein. Die holen wir erst morgen. Zuerst ein paar Möbelstücke und etwas zu Essen. Warum?»

«Weil wir heute noch nichts gegessen haben», flüsterte Charly.

Maui sah beide einen Augenblick an, darauf starrte er zu Boden. Schließlich schaute er sich um und sagte: «Meine Freunde, hätte ich gewusst, dass ihr kommt. Ich wäre zwanzig, nein, fünfzig

Kilometer gefahren, um Gemüse, Kartoffel und Fleisch zu holen, um für euch und nicht für diese Schnorrer», er zeigte jetzt in Richtung Wohnzimmer und sprach weiter: «Ein traditionelles Essen zubereiten zu können. Ich hätte ein Hangi angerichtet, von dem man noch in vielen Jahren sprechen würde.»

Detailliert beschrieb er das ausgehobene Loch, die vom Feuer erhitzten Steine dazu die in Blätter eingehüllten Köstlichkeiten. Stumm und mit schmerzverzerrten Gesichtern lauschten sie seiner Schilderung. Nur ihre Mägen knurrten. Maui forderte sie auf, auszutrinken und die nächste Biersorte zu verkosten. Dazu meinte er stolz: «Das Bier geht uns sicher nicht aus.»

So tranken sie noch eine Zeitlang. Da kam Samuel und sagte: «Peter und Charly, mein Cousin fährt jetzt nach Hause.»

So verabschiedeten sie sich von den Leuten. Die Gastgeberin wünschte ihnen viel Glück.

«Schön, dass ihr gekommen seid», lallte sie.

Der Hausherr mit seinen einhundertfünfzig Kilogramm, kämpfte um nicht zu weinen. Er dankte den Gästen und schüttelte kräftig die Hände. Die Europäer von dieser Herzlichkeit überwältigt, umarmten den Koloss innig.

Akrobatisch meisterten sie die Strecke vom Haus bis zum Auto über den rutschigen Behelfssteg, ohne in eine der Lachen zu fallen. Bei der schaukelnden Autofahrt sprach keiner der Männer. Beim Aussteigen bedankten sie sich bei Samuels Cousin, dessen Namen Charly und Peter nicht kannten. Sie kletterten aus dem Fahrzeug, erst da bemerkten sie, dass John nicht mitgekommen war. Samuel ging voran, sie betraten das nicht versperrte Haus.

«Gehen wir noch in die Küche», sagte Samuel. Dort öffnete er den Kühlschrank, händigte jedem eine Dose Bier aus und nachdem er daran nippte, meinte er: «Ich habe einen Mordshunger. Ich werde uns etwas zum Essen kochen.»

Die Tramper starrten ihn an. Samuel sagte das Zauberwort Essen.

Schon holte er ein paar Sachen aus dem Kühlschrank. Er schaltete den Gasherd ein. Die Augen seiner Gäste strahlten. «Schinken und Ei. Genug für drei Personen. Brot gibts noch im Schrank.»

Charly holte es hervor. Zwei Scheiben pro Mund. Er öffnete den Kühlschrank, bis auf einige Bierdosen stand dieser leer. Im unteren Fach fand Charly noch ein Sandwichbrot. Er trank vom Bier, da sah er Peters verzerrten Gesichtsausdruck. Dieser zeigte auf das mit grünen Kreisen durchzogene Weißbrot. Charly stellte es schleunigst zurück.

Samuel teilte seine Freunde zum Mitarbeiten ein. Peter holte die Teller und Charly das Besteck. Der angebratene Speck verströmte sein Aroma. Gierig inhalierten die Hungrigen den Duft, sie stierten auf die Eisenpfanne, ohne diese aus den Augen zu lassen, nahmen sie Platz. Endlich kam Samuel mit der Pfanne zum Tisch.

«Jetzt werden wir fein speisen, mit vollem Magen schläft man besser», sagte er mit einem Lächeln.

Nach der durchzechten Nacht warteten sie freudig auf die Pfanne. Sie starrten in diese. Drei Eier, dazu vier durchsichtige Scheiben Speck. Samuel stellte die schwere Pfanne auf den Tisch.

Peter flüsterte auf Deutsch: «Wenn wir ihm eine über die Rübe ziehen, brauchen wir das Essen nicht teilen. Was meinst du?»

Charly sah auf. Speichel rann über seinem Mundwinkel.

«Peter das können wir nicht machen. Was ist, wenn wir ihn rauslocken, die Küchentür absperren und das Zeug rasch wegessen?»

«Geniale Idee», entgegnete Peter.

Sogleich informierte Charly den Koch: «Samuel, da hat jemand angeläutet.»

Der Großgewachsene, der die Portionen aufteilte, fuhr mit der Bratgabel hoch.

«Ich habe gar keine Glocke. Die ist schon vor Jahren runter gefallen. Ich habe aber nie Zeit gehabt, sie wieder zu montieren.»

Er wendete und stellte die schwere Bratpfanne in den Ausguss.

«Schmeckt es?», fragte er seine Gäste, die mit ausgefahrenen Ellbogen da hockten und Speck sowie Eier rasant zerstückelten.

«Exzellent», antwortete Peter. Er schlang das Essen im Eiltempo hinunter. Charly, der Gemächliche, schaufelte das Zeug in sich. Der metalische Klang des geschwungenen Bestecks begleitete das Schmatzkonzert der beiden. Dagegen kaute Samuel bedächtig, nahm nur eine Scheibe Brot und beendete sein Abendmahl. Da meinte er: «Ah! Bin ich satt. Ich gehe jetzt schlafen, bis Morgen. Gute Nacht.»

Die Tramper warteten. Peter holte die Pfanne aus dem Ausguss. Er stellte sie auf den Tisch. Charly riss Samuels Scheibe Brot in zwei Teile, dazu reichte er das schimmlige Brot. Sie entfernten die flaumig grün überzogenen Stellen, mit den löchrigen Brotscheiben saugten sie das Fett aus der Pfanne. Zum Schluss tunkten und leckten sie noch ihre Teller dazu den des Hausherrn blank.

«Charly, ist im Kühlschrank nichts Essbares?»

«Nein, nur ein paar Dosen Bier. Das ist alles.»

Peter stand auf, öffnete eine Lade und jammerte: «Es muss doch was zu futtern geben. Komm, wir durchsuchen Kästen und Schränke, vielleicht finden wir Kekse, Schokolade oder etwas ...»

Die Hungrigen suchten eifrig – sie fanden nichts. Fluchend schnappte jeder noch eine Dose. Schließlich legten sie sich nieder, Peter auf einem in die Jahre gekommenen Sofa und Charly auf einem zusammengefalteten Teppich. Bald schliefen sie ein.

Am nächsten Tag weckte Samuel die Gäste. Peter grunzte und blieb noch liegen, Charly stemmte den Körper hoch. Er sammelte den Teppichläufer, behäbig ließ er sich auf einem Küchenstuhl nieder. Mit Daumen und Zeigefinger massierte er seine Stirn.

«Das war eine Nacht.»

Die geröteten Sehorgane erspähten die Wanduhr.

«Was! Nein, schon fünf Uhr nachmittags? Das gibt's ja nicht!»

Charly schaute nochmal auf den Zeitmesser, rieb seine Augen,

lachte und verdrehte den Kopf. Da bemerkte er den Hausherrn.
Samuel, der in den Wandschränken nach etwas suchte, entgegnete: «Die Uhr funktioniert nicht. Die Batterie ist leer, wobei ich
immer vergesse, eine neue zu kaufen.»

Mittlerweile erwachte Peter. Er hockte am Sofa und beobachtete
Samuel. Dieser holte eine Blechdose aus einem der Schränke. Entschuldigend teilte er mit: «Leider ist der Kaffee aus.»

Als Beweis zeigte er eine leere Kaffeebüchse, da spähte er in den
Ausguss.

«Oh! Ihr habt gestern noch die Pfanne und die Teller abgewa-
schen, auch das Besteck, alles glänzt. Danke vielmals. Ich hasse
diese Arbeit.»

Wortlos starrten ihn Peter und Charly an.

«Ich werde euch zum Pub begleiten», schlug Samuel vor.

Die beiden hätten es ohne ihn schwer gefunden. Auf dem Weg
zur Kneipe schien die Sonne und die drei redeten kaum. Bald
erreichten sie das Lokal. Zementharter eingetrockneter Morast
klebte am Brett, über dieses schritten sie zur Veranda. Charly
klopfte Samuel auf die Schulter.

«Wie heißt diese Gaststätte?»

Erstaunt schaute Samuel auf, zögerte mit einer Antwort, guckte
nochmal zur Eingangstür. Schließlich deutete er und sprach: «Es
hat keinen Namen, wir sagen einfach Pub, es gibt ja nur das
hier.»

Samuel lud seine Freunde auf einen Kaffee ein. Schon bald
schnappten sie ihre schweren Rucksäcke und schritten nach
draußen. Der Wirt gab den Reisenden noch eine Packung Chips
und gesalzene Erdnüsse mit auf den Weg. Samuel begleitete sie
ein Stück. Schlussendlich verabschiedete er sich von den zwei. Sie
schüttelten die Hände, umarmten einander zum Abschied und
wünschten alles Gute. Einen Augenblick sah Samuel den beiden
Reisenden hinterher. Lächelnd schlenderte er zum Pub zurück.

Die Tramper marschierten zur Hauptstraße. Beim Kaufhaus stoppten sie, um Nahrungsmittel zu besorgen. Ein paar Dosen Fisch, Brot, Käse, Erdnussbutter: das übliche.

Sie sahen das anmutige Mädchen vom letzten Abend. Die Langhaarige befüllte ein Regal, bemerkte die zwei und grüßte sie lächelnd. Die beiden erwiderten, Charly zwinkerte ihr zu. Erst durch den Zuruf seines Kumpels ließ er den Blick von ihr. Nachdem sie bezahlten, verstauten die Tramper die Überlebensmittel in ihren Rucksäcken, schulterten diese und marschierten los.

Sie erreichten die auftrocknende Straße. Die Sonne schien ungebrochen und ließ den Asphalt dampfen. Es war bereits am späten Nachmittag, als sie auf der mittlerweile trockenen Straßen hockten, um zu essen. Sie plauderten. Peter reichte Charly eine Scheibe Brot, lachte und meinte: «Brot ohne Schimmel. Haha! Du Charly, wie freundlich die Maori waren. Speziell Samuel, da habe ich ein schlechtes Gewissen.»

«Ja das sind sie, aber warum plagt dich dein Gewissen?»

Peter schluckte den Bissen hinunter.

«Na ja, ich meine die Idee mit der Pfanne, die ich den lieben Samuel über den Kopf ziehen wollte. Charly, ich war so verdammt hungrig. Ich habe fantasiert.»

Charly schnappte eine Scheibe Weißbrot. Er sprach sehr bedächtig: «Peter, ich habe solchen Kohldampf gehabt. Wenn ich nicht soviel Angst gehabt hätte, dass du auch mir eine über die Rübe ziehst, ich ...»

Peter schaute auf. Sie sahen sich in die Augen und begannen zu lachen.

Abrechnung

Er schlichtete die Magazine in die dafür vorgesehenen Ablagen. Gleich schritt er zu seinem Platz an der Kasse zurück, blätterte dort unter einer Zeitung verdeckt, in einem Männermagazin. Konzentriert starrte er in dieses. Seine Augen verschlangen die Hochglanzbilder. Da öffnete ein älterer Herr die Tür.

«Grüß Gott», sagte dieser und hob dabei seinen Bergsteigerhut.

«Gott erhalte mir meine Gesundheit und die Arbeitskraft meiner Frau», antwortete der Mann hinter dem Ladentisch. Dem Kunden reichte er eine österreichische Tageszeitung dazu eine Packung Schnupftabak.

«Wie viele Tage bleiben sie noch hier?»

«Des is die letzte Urlaubswochen», sagte dieser und zahlte.

«Pfiat Gott.»

«Auf wiedersehen», antwortete der korpulente Kioskbetreiber und murmelte: «Diese Ösis. Ständig grüßen sie einen Gott, anstatt Menschen, die man sieht.»

Ein Mann betrat den Laden. Er kaufte Zigaretten. Der Kioskbetreiber reichte ihm die Packung. Die Centstücke des Wechselgeldes, die der Kunde nicht nahm, steckte er in seine Hosentasche. Wortlos verließ der Mann das Geschäftslokal, noch bevor die Tür ins Schloss fiel, zwängte sich eine Frauengestalt durch diese, starrte zur Kasse, sah den Mann dahinter und drehte um.

Der Ladenbetreiber betrachtete wiederum die Farbbilder im Magazin. Da öffnete der nächste Kunde die Glastür.

«Guten Morgen, wie geht's dir?», fragte dieser.

«Gleich schlecht wie immer. Danke der Nachfrage.»

«Vorhin habe ich deine Nachbarin gesehen.»

«Die ist sofort verduftet, boykottiert mich, kauft ihre Magazine nur, wenn Steffi im Geschäft ist. Die Beknackte kommt mittwochs Abend. Montags und dienstags Früh. Nach der Verrückten kannst die Uhr stellen. Ich bin schon lange ein rotes Tuch für sie.»

«Du solltest die Kunden aufzählen, die dich mögen.»

«Warum?»

«Weil du diese an einer Hand zählen kannst. Wo ist Steffi?»

«Sie ist im Postamt.»

«Steht etwas Kurioses in der Zeitung?», fragte der Mann jetzt. Er deutete auf die Aufgeschlagene am Tisch.

«In China ist ein Reissack umgefallen und hat zwei Fahrräder begraben.»

«Du mit deinen Witzen. Weil du so gerne Reis isst.»

«Durch Yoga bin ich zum Vegetarier geworden.»

«Haha! Der war gut.»

Der Kioskbetreiber legte eine Zeitung, eine Packung Zigaretten sowie ein Rubellos auf den Tresen. Eine Frau erschien im Lokal. Ohne zu grüßen, verschwand sie in den nächsten Raum und schlug die Tür zu. Das an der Tür hängende Schild, mit der Aufschrift «Privat», schwenkte hin und her.

«Mensch Helge, das war doch Steffi. Was ist mit ihr los?», fragte der Kunde, der gerade bezahlte.

«Keine Ahnung. Ich bin doch kein Weiberflüsterer. Äh, Frauenversteher.»

«Tschüss bis zum nächsten Mal.»

«Ja, bis morgen.»

Der Kioskbetreiber holte das Männermagazin hervor, faltete dieses und legte es rasch ins Fach zurück. Er schritt zur Tür, hinter der die Frau vorhin verschwand. Sie sass auf einer Picknickliege, in ihrer Hand hielt sie einen Brief.

«Steffi, was ist los?»

Sie antwortete nicht.

«Stephanie!»

«Helge, dieses Schreiben war heute im Postkasten».

Jetzt stand sie auf. Sie reichte ihm den Brief, schon fasste ihre

Hand den Türknauf. Helge versank in der Liege. Er las den Brief.

Liebe Frau Stephanie, nach langem Ringen habe ich mich entschlossen diesen Brief zu verfassen. Ich konnte nicht länger warten und Mitansehen, wie Sie, liebe Steffi sich für den Kioskbetrieb aufopfern, während Ihr Mann seinen Hobbys sowie dem Nichtstun nachgeht.

Es geht mich nichts an, werden Sie denken. Doch muss ich dagegenhalten. Ich sehe es als meine Pflicht, Sie vor dem Unvermeidlichen zu bewahren. Ihnen geschätzte Steffi, sozusagen die Augen öffnen, um Ihren Untergang zu verhindern.

Ich schweife etwas aus, wenn ich jetzt vom Baukonzern berichte, in dem Ihr Mann tätig war. Ein feiner Herr war der Herr Helge nie und die Angestellten hatten ihm beim Abschied keine Träne nachgeweint. Schinder-Helge haben sie hinter vorgehaltener Hand gesagt. Dem vorigen Kioskbesitzer soll er auch ... na, ja getäuscht haben. Ihr Ehemann ist ein Mensch, der Mitmenschen schamlos ausnützt. Er stellt sich tollpatschig an, um der Arbeit zu entgehen. Außerdem trinkt er. Nicht im Kiosk, sondern oben bei der behinderten Werkstätte. Er und der Pförtner trinken regelmäßig im Hausmeisterkämmerchen.

Der Pförtner ist ein guter Freund Ihres Mannes. Es wird gemunkelt, dass dieser einige Jahre seines Lebens auf Staatskosten verbracht hat. Ein Ganove, der von Kriminalität durchdrungen ist.

Im Sportcafé, das Ihr Mann regelmäßig beliefert, fallen seine frauenfeindlichen Äußerungen auf fruchtbaren Boden.

Bei den Ausflügen mit seinen Fischerfreunden soll er sein wahres Gesicht (seine Fratze) öfters gezeigt haben ..., dass Sie diesen Mann geheiratet haben. Einen Blender. Einer, der körperlich nicht anpackt. Ein Pascha, ein Minusmann.

Helge stoppte. Er überlegte, wer der Verfasser des Briefes sein könnte. Einer, der neidisch auf seinen Lebensstil war. Ein ehemaliger Angestellter oder gar jemand der ein Auge auf seine Frau

23

geworfen hatte, bei diesem Gedanken fiel ihm sofort jener Mann ein, der seiner Frau immer Komplimente machte. Ja, der, der mit dem freundlichen Lächeln. Der stets gut gelaunt in den Laden kam. Er sei sehr elegant gekleidet und äußerst sympathisch, meinte Steffi unlängst. Jetzt wo er so nachdachte ...

Er las weiter.

Liebe Steffi, Sie sollten auf Ihre innere Stimme hören, die Ihnen loslösen sagt. Vergeuden Sie nicht Ihre Zeit. Sie haben es nicht nötig. Gehen Sie Ihren eigenen Weg. Setzten Sie einen Schlussstrich in dieser einseitigen Beziehung.

Er kam zum letzten Satz.

Eine Person, die es gut mit Ihnen meint.

Helge starrte auf den Brief. Er versuchte, seinen Körper hochzustemmen. Erst beim dritten mal, und nur mit genügend Schwung, kam er hoch. Er verließ den Raum.

Steffi stand mit dem Rücken zu ihm.

«Stephanie», flüsterte er mit überschlagener Stimme.

Sie drehte sich um, sah in seine Augen. Er starrte sie an, in der Hand hielt er den Brief. Da fing sie an zu kichern, küsste ihn kurz auf den Mund.

«Helge, du guckst richtig doof», sagte sie jetzt mit lachender Stimme und zeigte ihm den Umschlag. Schon schritt er vor, seine Hand fasste zum Kuvert. Rasch steckte Sie es in ihre Hosentasche.

«Helge bring mir bitte noch zwei Stangen.» Die letzte Packung der benötigten Sorte legte sie auf den Tresen. Helge schlurfte in den Nebenraum, um diese zu holen. Auf dem Kühlschrank sah er die Keksdose. Gleich öffnete er den Deckel und verspeiste eine Handvoll. Schließlich schnappte Helge die Zigaretten, mit den Packungen stampfte er zurück. Steffi bediente einen Mann, zu der Zeitung legte sie ein Männermagazin auf den Ladentisch. Der Kunde glotzte auf dieses, musterte es, schließlich sah er auf.

«Bitte, geben sie mir ein anderes. Dieses ist abgegriffen», sagte er jetzt und starrte zu Helge. Steffi steckte es zurück, sie griff nach dem Ersten von vorne. Helge beobachtete den Mann, der bezahlte und den Laden verließ.

«Wer hat den Brief geschrieben?»

«Nee, Helge »

«Sag mir, wer es war.»

«Ich sage es dir heute Abend beim Italiener».

Schon stand eine Kundin im Verkaufsraum. Sie stöberte bei den Glückwunschkarten. Helge begrüßte sie. Er bekam keine Antwort. Die Frau griff nach einer Karte, legte das abgezählte Geld auf den Tisch und spazierte stumm aus dem Geschäft.

«Danke für das Gespräch!», rief Helge ihr hinterher.

Am Abend in der Pizzeria bestellte Steffi nach dem Essen noch eine Nachspeise. Erst jetzt zückte sie den Umschlag hervor und fächelte damit vor seiner Nase herum.

«Helge rate mal, wer den Brief geschrieben hat.»

Der Kellner servierte die Süßspeise. Helge löste das Rätsel noch immer nicht.

«Du bist am Holzweg.»

«Steffi, bitte sag es mir.»

Sie überreichte ihm das Kuvert. Rasch griff er nach diesem. Er drehte es um. Kein Absender. Er betrachtete die Handschrift auf der Vorderseite. Helge schaute auf. Steffi hielt in einer Hand den Brief in ihrer zweiten ein Stück Papier.

«Helge, guck dir mal die Handschriften an.»

Sie legte das Schreiben und den Zettel auf den Tisch.

«Die sind ähnlich.»

«Der Zettel war auf einem der Mülleimer geklebt.»

«Die Anwohnerin, die ...»

«Pst!», hauchte Steffi, ihr Zeigefinger glitt zu ihren roten Lippen.

«Eine Verrückte. Die schreibt so einen Brief. Diese Frau muss sofort in eine geschlossene Anstalt. Zwangsjacke, Hirn-OP ...»

Eine Woche später überraschte Helge seine Frau mit einem Geburtstagsgeschenk. Einen Aufenthalt in einem Wellnesshotel zusammen mit ihrer besten Freundin.

Mit dieser fuhr Steffi am Dienstag ins Einkaufszentrum, dort besorgten sie noch Dinge für den gemeinsamen Urlaub.

Helge erklärte derweil der Aushilfskraft die Tätigkeiten im Kiosk. Gegen acht Uhr verließ er sein Geschäft. Er querte den Zebrastreifen, spazierte entlang des Gehsteigs bis zu einem Baum, stoppte hinter diesem und beobachtete den Kiosk. Da sah er die Nachbarin. Sie betrat das Verkaufshäuschen. Jetzt setzte er seine Schirmkappe auf und stampfte die leichte Steigung zur Werkstatt für behinderte Menschen hinauf.

Der Pförtner winkte ihm zu. Helge näherte sich dem Mann. Er betrachtete diesen und begann zu lachen.

«Du alter Verbrecher, wie geht's dir?», fragte er ihn. Starr stand der Mann da. Verdutzt guckte er zu Helge und folgte ihm stumm. Im Hausmeisterkämmerchen übergab der Kioskbetreiber seinem Freund die Zeitungen dazu eine alte Ausgabe eines Männermagazins. Sie tranken Kaffee und plauderten. Beim Verlassen meinte der Pförtner noch: «Helge, bist heute aber super gelaunt.»

«Ich bin immer gut gelaunt. Tschüss, bis morgen», sagte er. Helge schlenderte nach draußen, sogleich pfiff er eine Melodie.

Am Mittwoch gab er Steffi frei, um seine Kleidung zu bügeln und ihre Koffer zu packen. Sogar den Hausmüll entleerte er.

Am Donnerstag brachte Helge seine Frau und ihre Freundin zum Bahnhof.

«Mach dir keine Sorgen. Ich hab für alles gesorgt.»

«Danke mein Bärli. Du bist dufte.»

Sie umarmte Helge und küsste ihn zum Abschied. Er schritt in

Richtung Ausgang, dort stoppte er und winkte den Frauen zu. Sofort raste Helge zu seinem Apartment. Er stopfte eine Hose dazu einen Gürtel in eine Stofftasche, stampfte in den Keller und durchsuchte dort seine Angelausrüstung. Helge verglich verschieden starke Schnüre und gab eine Rolle davon in die Tasche. Sogleich fuhr er zum Kiosk. Er erledigte die Abrechnung, schickte die Aushilfskraft nach Hause, und schloss kurz darauf sein Geschäft.

Helge holte die Jeanshose aus der Tasche, legte diese er auf den Verkaufstisch und mit raschen Griffen fädelte er den Gürtel durch die Schlaufen. Er schritt zum Hinterausgang, dort standen neben der gesprungenen Glastür zwei Gummistiefel. Er schnappte diese. Die Stiefel schob er in die Hosenbeine der Jeans wobei er sie mit Sicherheitsnadeln fixierte. Jetzt holte Helge noch zwei Rollen Geschenkpapier, steckte sie in die Hosenbeine und legte darauf das Kopfpolster der Picknickliege. Zum Schluss schloss Helge den Reißverschluss und schnallte den Gürtel der ausgestopften Jeanshose zu.

Aus einer Schublade holte er Steffis Schminkspiegel. Diesen stellte er auf den Tisch. Vom Kleinsortiment hinter ihm schnappte er eine Kreide, entfernte das Schutzpapier und verschmierte den Stift im Gesicht. Mit einem Feuchttuch reinigte er die Hände. Helge betrachtete sein geweißtes Spiegelbild. Er bemerkte die blasrosa Zunge. Er nahm den Schminkspiegel und schlurfte in den kleinen Raum. Im Kühlschrank sah er die Heidelbeerkonfitüre. Mit dem Finger verteilte er ein wenig davon auf der Zunge. Helge schaute auf die Uhr – zwanzig vor sieben.

Er lies sich Zeit. Gemächlich setzte er die Fankappe des hiesigen Fußballspitzenvereins auf das schüttere Haupt und band den Fanschal um seinen Hals. Helge öffnete die Hintertür der Bude, mit der präparierten Hose trat er ins Freie. Die Mülleimer standen zwei Meter neben dem Ausgang, dort platzierte er die Jeans auf dem Containerdeckel. Er schritt zurück, holte einen Sessel. Die verzogene Holzaußentür schloss er, indem er mit seinem Knie gegen diese drückte. Vor den Abfalleimern stoppte er. Helge stieg auf den Stuhl. Vom Dach des Kiosks ragte eine Metallstrebe bis zur angrenzenden Hausmauer, an diesem Eisenträger befestigte er Fischerschnüre, die er an den Gürtelschlaufen der Jeans fixierte. Die Hose baumelte vor dem Müllbehälter und die Stiefelsohlen endeten einen halben Meter vom Boden entfernt. Helge kniete auf den Deckel des Plastik Containers. Den Sessel warf er um, die Mütze ließ er fallen. Jetzt band er ein Ende des Schals um die Metallstrebe, das Zweite um seinen Hals. So wartete er.

Bald hörte er Schritte, er sah die Anwohnerin. Sofort streckte er die Zunge heraus und verdrehte die Augen. Langsam kam sie heran und entsorgte ihr Altpapier. Jetzt sah sie die Mütze. Sie zögerte, schwerfällig hob sie diese vom Boden. Die Frau bemerkte den umgeworfenen Stuhl. Sie musterte die Umgebung, blickte auf, da sah sie die Gestalt. Die Anwohnerin starrte emotionslos in das bleiche Gesicht ihres Nachbarn. Sie nuschelte unverständliches und zeigte die Zunge. Mit der Kappe in der Hand verschwand sie vom Müllplatz.

Helge zog seinen Kopf aus der Schlinge. Er stemmte sich in die Hocke, wartete einen Augenblick. Es blieb ruhig. Nun band er Schal und Jeanshose los. Zaghaft stieg er nach unten. Helge brachte die Utensilien in den Kiosk. Gleich schnappte er ein Blatt Papier, das neben der Kasse lag und klebte es an die Glaseingangstür. Eines der Reklamelichter drehte er ab, dadurch war der Müllplatz unbeleuchtet. Flott verließ Helge durch den Hinterausgang das Geschäftslokal.

Die Anwohnerin meldete ihren Leichenfund telefonisch bei der Polizei. Bald erschien diese und kontrollierte vor Ort.

Am Freitag schlich die Nachbarin bereits in der Früh am Kiosk vorbei. Sie stoppte um die Nachricht an der Eingangstür zu lesen. Gleich spazierte sie zur Bushaltestelle. Dort hielt ein Autobus.

«Schön, dass sie immer bei den Freitagsausflügen mitkommen», sagte die Seniorenbetreuerin. Sie hakte den Namen auf ihrer Liste ab. Ohne eine Antwort zu geben, stieg die alte Frau in den Bus.

Helge öffnete das Scherengitter vor der Eingangstür, den Zettel mit der Aufschrift «Wegen Trauerfall geschlossen» entfernte er.

Am Vormittag suchte ihn ein Polizist auf. Dieser befragte Helge.

«Die Frau sieht Gespenster. Sie weigert sich, in ein Heim zu gehen. Irgendwann landet sie noch in der Klapsmühle», teilte er dem Mann mit. Der Beamte bedankte sich bei dem Kioskbetreiber für die Auskunft.

Am Abend schloss er eine Stunde früher. Das Papier befestigte er abermals an der Glastür.

Samstags wiederholte er das Prozedere.

Montags öffnete er den Kiosk nicht. Den Zettel tauschte er aus. Diesmal lautete der Text «Wegen Begräbnis geschlossen».

Dienstag fiel auf einen Feiertag.

Erst am Mittwoch öffnete er. Helge unterwies seine Hilfskraft. Früh verließ er den Laden. Erst am Nachmittag kehrte er zurück. Er stampfte in das kleine Zimmer, warf sich in den Liegestuhl und stellte den Wecker am Mobiltelefon auf zwanzig vor sechs. Gleich döste er ein. Er träumte. Im Traum erschienen ihm der Pförtner und die Nachbarin. Im Hausmeisterkämmerchen blätterten sie in einem Männermagazin, bis auf die Kopfbedeckung waren beide nackt. Sie trug die Fanmütze und er den Ösi-Bergsteigerhut.

Der Alarm weckte ihn. Es dauerte bis Helge hochkam. Er torkelte in den Verkaufsraum, wo ein Kunde für Zigaretten bezahlte. Helge schlurfte zur Tür und öffnete diese für den Mann. Dann rechnete er die Kasse ab. Schließlich stapfte er in den kleinen Raum zurück. Da hörte er das Einrasten der Eingangstür. Helge schnellte nach draußen. Er sah die Anwohnerin in der Ecke bei den Wochenmagazinen. Sofort verriegelte er die Eingangstür.

«Sie können schon nach Hause gehen», flüsterte er zur Aushilfskraft, die abgezählten Geldscheine hielt er bereits in seiner Hand.

«Es ist noch nicht sechs», sagte sie auf die Uhr starrend.

«Das macht nichts«, meinte er und reichte ihr den Mantel.

«Die Frau hat nicht mal meinen Gruß erwidert. Ist sie taub?»

«Die gehört in die Klapsmühle.»

Helge entlohnte die junge Frau, die ihre Tasche schnappte. Mit den Euroscheinen in der Hand stolzierte sie durch die Hintertür. Beim Verlassen, den Fokus auf die Scheine gerichtet, schloss sie die kaputte Glastür.

Helge lief ins Zimmer, band den Schal um seinen Hals, wischte Kreide ins Gesicht und schlüpfte in die Gummistiefel. Im Laden schaltete er das Eingangs- sowie Außenlicht ab. Mit einer Hand hielt er den Schal und zog daran, so schlich er an die Nachbarin ran. Ein halber Meter trennte die beiden.

Instinktiv guckte sie in seine Richtung. Die Magazine fielen ihr aus der Hand und klatschten auf den Boden. Ihr animalischer Schrei ließ Helge aufschrecken. Kurz strangulierte er sich selbst. Die Nachbarin eilte zur verriegelten Tür, riss an der Schnalle. Er folgte. Sie lief zum Hinterausgang, da hörte er das Bersten von Glas dazu das nächste Brüllen aus dem Tierreich. Sie hatte den Laden durch die geschlossene Glastür verlassen.

Helge guckte durch die Eingangstür, schon sah er die Anwohnerin über die Straße humpeln. Ein Auto wich ihr im letzten Moment aus. Schließlich hinkte sie entlang des Bürgersteiges, wo sie nach dreißig Meter vor der Polizeiwache stoppte.

Helge schnappte den Besen. Rasch fegte er die Glastrümmer in den Laden und verschloss die Holztür. Aus dem Zimmer holte er ein Blatt Papier, das er mit dem bereits versehenen Klebeband an der Eingangstür befestigte. Jetzt kehrte er die Scheibenreste zusammen, die er in den Mülleimer warf. Den Stuhl neben der Kasse stellte er in die Ecke.

Das Blitzlicht eines Einsatzfahrzeuges spiegelte sich jetzt an der gegenüberliegenden Glasfront. Helge sah das Rettungsteam ins Polizeigebäude eilen. Er schlenderte ins Zimmer, holte aus dem Kühlschrank ein Bier, damit lehnte er neben der Eingangstür. Die Flasche führte er zu seinem Mund. Helge schloss die Augen.

Den ersten Schluck behielt er im Mundraum, erst allmählich verschluckte er das herrliche Nass und trotz der geschlossenen Augenlider registrierte er die Blitzlichter.

Die Sanitäter kamen aus dem Haus, begleitet von einem Polizisten. Jetzt sah Helge die Frau mit einem Kopfverband auf dem Tragstuhl sitzen. Eine Hand und ein Knie waren ebenso eingebunden. Da sah er die Handschellen, die man ihr angelegt hatte. Sie verstauten die Patientin im Fahrzeug. Der Polizist stieg ein. Einsatzlichter erloschen und der Krankenwagen fuhr los.

Ein weiterer Beamte sah dem Wagen für einen Moment hinterher, schließlich querte er den Zebrastreifen.

Helge leerte seine Flasche. Er spazierte ins Zimmer, griff in den Kühlschrank, schnappte die Nächste und setzte sich damit in die Picknickliege. Bedächtig öffnete er das Bier. Der Polizist zog an der versperrten Eingangstür. Er las den Text des Zettels:

«Heute schon um siebzehn Uhr dreißig geschlossen.» Er guckte auf seinen Zeitmesser, streifte abschließend um den Kiosk und versuchte die Hintertür zu öffnen. In dem Moment prostete Helge zum Hinterausgang.

Der Einsatzbeamte kritzelte in sein Notizbuch. Schlussendlich schlenderte er zur Polizeiwache zurück. Helge sah sich in Steffis Schminkspiegel, der auf dem Kästchen stand.

«Prost Helge. Hast dir verdient», rief er dem Spiegelbild zu.

Henkersmahlzeit

Am Montagmorgen traf Ewald kurz vor sechs Uhr am Firmensitz ein. Flott stieg er aus dem Wagen, da stand Norbert vor ihm.

«Bruderherz du sollst gleich zum Chef kommen. Wir fahren mit dem neuen Pritschenwagen. Carol und ich sind bald fertig mit dem Laden.»

Ewald reichte seinem Bruder die Reisetasche. Sofort eilte er ins Büro. Der Firmenchef sass hinter dem massiven Holzschreibtisch, vor ihm lag ein Papierstoß, neben dem schlanken Telefonapparat ein gedrungener Stempel samt Stempelkissen.

«Da Ewald, diese Aufträge sind in der letzten Woche hereingekommen. Alles Unwetterschäden.»

Der Chef stand auf. Er bat die Sekretärin, Kaffee zu bringen.

«Ewald, danke für die passable Arbeit in Wien. Das wird uns Folgeaufträge einbringen. Wir haben zu wenig Personal. Leute vom Fach zu finden ist schwer. Von qualifizierten Facharbeitern gar nicht zu reden.»

Die Sekretärin kam mit dem Tablett. Die Männer bedankten sich. Der Firmenchef beobachtete Ewald, der Handwerker seinen Chef. Sie nahmen weder Zucker noch Milch. Gleichzeitig griffen sie zur Tasse und nippten vom Kaffee. Da stampfte Carol ins Büro.

«Herr Chef, wir haben fertig geladen», sagte der Mann und schielte zu den Kaffeetassen.

«Gut, Carol. Geh zur Werkzeugausgabe und lass dir diese Sachen geben.»

Er überreichte ihm das oberste Blatt vom Papierstapel.

«Einen Moment», sagte er und stempelte das Papier. Damit verließ der Hilfsarbeiter das Büro.

«Chef, der Carol soll mit uns fahren? Da müssen wir wohl eine Steighilfe mitnehmen.»

«Der Carol passt genau für diese Arbeit», antwortete der sofort.

«Ewald, eigentlich wollte ich Norbert eine eigene Partie geben.»
Sein Gegenüber richtete sich auf.

«Ich habe umdisponiert. Dieser Auftrag ist ein gewaltiger Brocken. Arbeit für mindestens drei Monate. Außerdem bekommt ihr den neuen Pritschenwagen.»

«Chef, wie sieht es mit einer Lohnerhöhung aus?»

«Über eine Gehaltserhöhung sprechen wir nach dem Sommer. Für diesen Auftrag zahle ich eine Prämie. Netto um die fünfhundert für deinen Bruder und dich. Carol bekommt dreihundert.»

Ewald sah seinen Chef an. Das Telefon läutete. Der Firmenchef schaute auf die Anzeige und verzog sein Gesicht. Sogleich gab er Ewald einen Umschlag.

«Die Adresse findest du im Kuvert. Das Geld ist für das heutige Mittagessen.»

Erst jetzt hob er den Hörer ab. Ewald verabschiedete sich mit einem Handzeichen und verließ das Büro.

Draußen wartete sein Bruder.

«Wohin fahren wir?»

«In den Süden. Ich hab nicht geschaut wo genau.»

«Hast du ihn wegen einer Lohnerhöhung angesprochen?»

«Ja Bruderherz. Die werden wir im Herbst bekommen.»

«Hat er gejammert?»

Da kam der Helfer mit einem gefüllten Müllsack.

«Carol, ist das dein Essen für diese Woche?»

«Nein, Norbert. Das ist die Extraausrüstung für die Baustelle.»

Er stemmte den schwarzen Sack hoch und verstaute ihn auf der Ladefläche. Ewald beobachtete ihn dabei. Jetzt sah er die Werbeaufschrift «Haben Sie einen Dachschaden? Dann rufen Sie ...».

Die drei Männer stiegen in den Firmenwagen. Beim Einsteigen sagte Ewald zum Hilfsarbeiter, der die Beifahrertür öffnete:

«Carol, sind deine Schuhe sauber? Sonst musst du sie ausziehen.»

Der Helfer verzog keine Miene. Er setzte sich auf die Sitzbank.

«Ewald spinnst du? Der Carol mit seinen Schweißtretern. Der bringt uns um!», rief Norbert. Er sah auf die Schuhe des Helfers.

«Wenn er die Schuhe auszieht, laufen die Fenster an und du fährst in den nächsten Straßengraben.»

«Carol, du hast Schweißfüße?»

«Ja, aber nicht Chronische. Mein Onkel, der Arme, hatte chronische Schweißfüße», sagte Carol, der in der Mitte der Sitzbank hockte. Ewald gab die Zieladresse in das Navigationssystem ein. Bedächtig stieg er ins Gas. Vor der Ausfahrt verzögerte er, öffnete das Seitenfenster und grüßte freundlich die im Hof stehenden Arbeitskollegen.

«Schau an, die Haudler Brüder und die rumänische Zwergeiche fahren mit dem neuen Pritschenwagen», sagte einer der Männer.

Sie verließen das Firmengelände, wobei die umherstehenden Leute dem Lastkraftwagen hinterher starrten. Norbert, der in den Seitenspiegel guckte, grinste.

«Habt ihr gesehen wie sie uns nachgaffen?», sagte er lässig.

«Die Einserpartie fährt mit dem neuen Wagen. Das schmerzt den Neidern», antwortete Carol.

Sie fuhren aus der Stadt. Vor der Autobahnauffahrt reihte sich Ewald zum links Abbiegen ein. Da sahen sie die Autostopperin.

«Die nehmen wir mit, auf der Ladefläche ist noch Platz für die Kleine», sagte Norbert.

«So ein anmutiges Mädchen. Diese Schönheit schickt man doch nicht nach hinten auf die Pritsche», meinte Carol.

«Da hast du recht. Du passt viel besser zum unförmigen Müllsack auf der Ladefläche», antwortete Ewald. Die Brüder lachten. Nachdem ein Lastkraftwagen gemächlich an ihnen vorbei rollte, bogen sie ab. Norbert und Carol fokussierten das Mädchen, Ewald beschleunigte das Fahrzeug.

«Musik, bitte», sagte Carol auf das Armaturenbrett klopfend.

«Gute Idee. Wo ist den das Radio? Bin ich etwa zu blind dafür?»

34

«Es gibt gar keins, Ewald. Das sieht dem Chef ähnlich. Ein Aufpreis von fünfzig Euro war ihm zuviel», meinte Norbert.

«Dafür ist der Wagen top, geht ab wie die Feuerwehr. Dazu ist er mit einer Klimaanlage ausgestattet.»

«Ein paar Vergünstigungen dürfen schon sein. Wir leisten auch viel», sagte Norbert.

«Ja, darum hat Ewald auch heute mit dem Chef einen Kaffee getrunken», erzählte Carol.

«Was? Ewald, stimmt das?»

Dieser antwortete nicht.

«Ich glaub, wir werden einen Zwischenstopp einlegen», schlug Norbert jetzt vor.

«Wir sollen so rasch wie möglich beim Kunden antanzen.»

«Wir stimmen ab, wer für eine Kaffeepause ist», konterte Norbert entschieden.

Er zeigte auf, auch Carol hob seine Hand.

«Zwei gegen ... Eine Gegenprobe. Oh! Eine Stimmenthaltung.»

«Hm, aber nur eine kurze Pause.»

Mit dem Ellbogen stieß Ewald den nebensitzenden Carol in die Niere. Dieser fuhr hoch, lachte aber gleich wieder.

«Das ist Demokratie», sagte der Helfer und fügte hinzu: «Ceausescu hatte immer Angst vor einer Demokratie, sowie der Herr Chef und unser Ewald.»

«Und das soll ich mir von einem Wirtschaftsflüchtling sagen lassen.»

«Flüchtling ja, aber nicht wirtschaftlich.»

«Dann halt politisch.»

«Nein, auch nicht. Ich bin aus humanitären Gründen geflüchtet.»

«Du wurdest verfolgt?»

«Ja, bis zur Grenze. Meine Verlobte hatte kein Ausreisevisum, ich aber stamme von einer deutschen Minderheit in Siebenbürgen.»

«Du bist nach Deutschland ohne deine Verlobte. Hast du sie

später nachgeholt?», fragte Ewald, gespannt schaute er zu Carol.

«Nachgeholt? Nein, sie war der Grund meiner Flucht. Ich hätte sie heiraten müssen.»

Norbert, der den beiden zugehört hatte, grinste. Bald lachten alle drei, Carol am lautesten.

«Warum bist nach Österreich gekommen?»

«Weist du Norbert, in Deutschland bin ich wegen meiner Aussprache aufgefallen.»

«Und in Österreich nicht?»

«Da ist es egal, die meisten hier können kein richtiges Deutsch.»

Jetzt bekam auch die zweite Niere einen Ellbogenstoß ab.

Die Fahrt ging weiter. An der ersten Autobahnraststätte, vergaß Ewald abzubiegen, bei der Anschließenden erinnerten ihn die mitfahrenden Kollegen an das Abstimmungsergebnis. Er parkte das Fahrzeug neben dem Eingang des Cafés.

Norbert bestellte drei Tassen Kaffee. Ewald, der die ganze Zeit den Firmenwagen beobachtete, beglich die Rechnung. Sein Bruder und Carol betrachteten andauernd die flinke Kellnerin. Sie lehnten am Stehtisch, mit ihren Fingern zeigten sie die Bewertungspunkte für die Bedienerin. Das Ergebnis ergab eine Zahl knapp unter der Maximalpunkteanzahl. Ewald, der von dem nichts mitbekam, drängte zum Aufbruch. Schließlich verließen sie das Café, wobei Norbert und Carol die Toiletten aufsuchten.

Ewald wartete beim Firmenwagen. Leute, die am Auto vorbeigingen und den Werbespruch lasen, lachten. Ewald öffnete den zugeknoteten Sack und lugte in diesen. Da kamen die Kollegen.

«Mampf doch nicht den Carol sein Futter weg!», rief Norbert und fügte hinzu: «Sonst frisst er uns die Dachpappe auf.»

«Schau was da im Sack steckt», sagte Ewald, hielt diesen weit offen, um seinen Bruder den Inhalt besser zeigen zu können.

«Gummistiefel, Schutzanzüge und Moment mal. Was ist das?»

«Schutzmasken. Sogar mit eingebautem Filter», antwortete Carol.

Ewald verschloss den Sack. Schließlich stiegen sie ins Fahrzeug, stressten noch eine Stunde auf der Autobahn. Norbert und Carol schliefen bereits, da gab das Navigationssystem den Richtungswechsel vor, so verließen sie die dreispurige Asphaltpiste und reisten entlang der bewaldeten Landstraße. Ewald pfiff eine Schlager Melodie. Norbert erwachte, schlaftrunken sah er zu seinem Bruder.

«Sind wir bald da? Ewald, unsere neue Baustelle. Was für eine Arbeit ist das?»

Sein Bruder schaute kurz zu ihm.

«Norbert, ich weiß es auch nicht. Aber es ist eine riesen Baustelle. Arbeit für Monate. Sicher eine Industrieanlage. Und, jetzt kommt das Beste: Der Chef rückt mit einer Prämie heraus.»

«Prämie!», jubelte Carol, er schielte zu Ewald.

«Wie viel bekommen wir extra?», fragte der Hilfsarbeiter.

«Dreihundert Mäuse, netto pro Monat.»

«Das sind achtzehn Kästen Bier», meinte Carol, eine Hand formte er zur geöffneten Faust, mit der zweiten, die er höher hielt und ebenfalls ballte, machte er eine Drehbewegung. Dazu gab er Laute von sich: «Gluck, gluck, gluck ...»

«Bierkisten, nicht Kästen», sagte Ewald.

«Das ist sicher eine lebensgefährliche Tätigkeit oder eine Drecksarbeit. Umsonst zahlt er nicht extra. Du hast ja die Ausrüstung gesehen. Natürlich bekommen wir Wiedereinmal diese Spezialarbeit», meinte Norbert.

«Arbeit ist Arbeit. Und Prämie ist der I-punkt der Arbeit», sagte Carol, der mit seinem imaginären Glas Norbert zuprostete.

«Das I-Tüpfelchen», berichtigte Ewald, der jetzt sah, wie Carol sein Glas leerte. An der Straßenseite stand ein Reklameschild. Ewald las laut: «Gasthof und Buschenschank zum Straubenwirt. Riesenschnitzel! Lassen wir uns mal überraschen.»

Beim nächsten Hinweisschild bog er ab, die Navigationsmeldung ignorierte er. Ewald verringerte die Geschwindigkeit. Bei einer Gabelung folgte er dem Wegweiser.

«Wo fahren wir jetzt hin?», fragte Norbert.

«Es ist schon mittag und der Chef hat mir Knete mitgegeben. Wir werden fein speisen.»

Die zwei starrten ihn stumm an, indessen befahl die Stimme des Navis, umzukehren. Ewald steuerte den Gasthof an. Er suchte einen Parkplatz, dabei schaute er zu den aufgestellten Tischen, die im freien standen. Um in die ausgesuchte Parklücke zu kommen, fuhr er mit dem Wagen rückwärts in die Wiese. Ewald legte den Vorwärtsgang ein, da hörten die Insassen einen Schrei. Die drei sahen aus dem Fahrerseitenfenster. Ein Mann fuchtelte mit seinen Händen und schrie. Ewald öffnete die Seitenscheibe.

«Warum fahren sie in die Wiese? Wenn sie sich beim Einparken schwertun, parken sie vorne, wo auch die Autobusse und die Wohnmobile stehen.»

Der Mann schaute auf die Werbeaufschrift.

«Danke sehr nett», murmelte Ewald.

Sie stiegen aus dem Wagen. Der Schreier war verschwunden. Ewald versperrte das Fahrzeug, kontrollierte die verschlossenen Türen und lugte zum verzurrten Sack auf der Ladefläche. Er schritt voran, vorbei an den besetzten Bänken. Ewald stoppte bei einem Doppeltisch, an dem eine Gruppe Pensionisten sass und sagte: «Setzen wir uns hier dazu.»

Norbert und Carol schlenderten geradeaus. An einem langen Tisch erspähte Norbert eine plaudernde Damenrunde. Er fragte, ob es gestattet wäre und die Frauen gaben den Platz frei.

«Ich habe nicht gewusst, dass du so charmant sein kannst», flüsterte Carol, der sich gleich setzte. Norbert zuckte mit den Schultern und grinste. Ein kleiner Junge spielte mit einem Ball. Norbert kickte den Ball mehrere Male zum Buben zurück. Da kam Ewald.

«Hier habt ihr euch hingesetzt», sagte er und schielte zum

Firmenwagen, von dem nur ein Teil der Fahrerkabine zum Sehen war. Die Damen musterten den durchtrainierten Mann, so wie sie zuvor schon seine Kollegen betrachteten. Ewald beobachtete das Fahrzeug, spät bemerkte er die Blicke der Frauen. Er sah ihre gestreckten Finger, mit denen sie Zahlen anzeigten.

Da kam der Schreier von vorhin mit einem vollen Tablett. Der Mann servierte die Getränke für die Damen.

«Wer bekommt die Limonade?», fragte er. Die Frauen sahen einander an.

«Limo», sangen sie im Chor. Sie kicherten.

«Ja, ein Kracherl, zwei rote und drei weiße Mischungen.»

Er zeigte auf die Weinschorlen am Tisch sowie auf das Glas Limonade am Tablett.

«Eine Mischung mit Weißwein und Limo fehlt noch», stellte einer der Damen fest.

«Sie haben nur eine Limonade bestellt.»

«Nein, meine Schwester bekommt eine süße Mischung.»

«Warum sagt sie das nicht selbst? Weil sie nämlich eine Limo bestellt hat!»

«Bringen sie der Dame eine süße Mischung und uns drei Bier», sagte Ewald.

Der Alte wirbelte herum, mit erhobenem Zeigefinger brüllte er: «Sie sprechen erst, wenn sie gefragt werden! In der Zwischenzeit sollten sie das Einparken üben.»

Er drehte sich zu den Frauen.

«Was ist jetzt?», fauchte er die weiblichen Gäste an.

«Stellen sie die Limo ab und bringen sie noch eine Süße», antwortete die Rädelsführerin der Gruppe kopfschüttelnd.

«Und drei Bier für uns!», rief Ewald.

Der Mann schrieb stoisch die Neubestellung der Dame auf seinen winzigen Notizblock. Erst jetzt stellte er sich zu den Männern. »Was möchten sie trinken?«, fragte er auf den Zettel starrend.

«Ich wiederhole, drei große Bier und die Speisekarte, bitte sehr.»

«Essen bestellen sie gefälligst bei der Kellnerin.»

Er kritzelte auf seinem Block. Mit riesen Schritten stampfte er davon.

«Ewald, ich glaube, der hat was gegen dich», sagte Carol. Ewald sah dem Mann grimmig hinterher.

Die Frauen plauderten. Eine sagte in Richtung der Männer:

«Nehmen sie ihn nicht ernst. Bevor er in Pension gegangen ist, war er Fleischhacker und hat in seinem Arbeitsleben nur mit Rinder- und Schweinehälften zu tun gehabt.»

Die Serviererin erschien mit den Gerichten der Damen. Die Handwerker starrten auf das Essen, baten um die zweiseitige Speisekarte und bestellten sofort bei dem Mädchen. Da kam der Mann mit den Getränken anmarschiert. Stumm servierte er die Krügel Bier, wobei Ewald als Letzter sein Glas bekam. Zum Schluss kredenzte er der Dame das Weinmischgetränk, dabei sprach er kein einziges Wort. Rasch schritt er zum nächsten Tisch, um eine Bestellung aufzunehmen.

«Guten Appetit!», riefen die Handwerker den Frauen zu. Diese bedankten sich und begannen zu essen.

Die Männer stießen mit den Biergläsern zusammen. Da kam das Kleinkind angerannt, der Junge spielte mit dem Plastikball, kickte ihn zu Norbert, dieser rollte ihn zurück. Eine Frauenstimme rief nach dem Knaben, flink lief der Bub in den Gasthof.

«Was die Damen essen sieht lecker aus», sagte Norbert.

Die Handwerker schauten zu ihnen.

«Die Frauen auch», meinte Carol und trank vom Bier.

Ewald sah zum Firmenwagen, da erschien die flinke Kellnerin mit den Spezialitäten für die hungrigen Männer. Die Wienerschnitzel bogen sich über die Teller, dazu reichte sie grünen Salat mit dem traditionell dunkelgrünen Kürbiskernöl sowie Petersilienkartoffel. Die Handwerker dankten der Kellnerin aufrichtig.

40

«Oh! Das sind Portionen. Das ist ein Gnadenmahl», sagte Carol.

«Du meinst doch nicht etwa die Henkersmahlzeit?», fragte Ewald lächelnd, verzückt starrte er auf sein Schnitzel.

«Mahlzeit!», rief Norbert das Kommando.

Sofort begannen die Männer zu essen. Sie wechselten kein Wort. Ein Härtetest für Gabel, Messer und Teller. Die Handwerker schaufelten die Köstlichkeiten in sich, beobachtet von den staunenden Frauen, diese sahen jetzt mit offenen Mündern den «Speed-eating» Athleten beim Wettkampf zu.

«Die trainieren wohl für die Weltmeisterschaften», sagte eine der Damen und durchbrach damit das Schweigen.

Das Brüderpaar ließ bei dieser WM-Generalprobe dem Rumäniendeutschen nicht den Funken einer Chance. Der belegte mit einer passablen Leistung den dritten Platz.

Der pensionierte Fleischer servierte jetzt einen Tisch hinter den Männern. Norbert deutete dem Mann. Dieser kam auf ihn zu.

«Bringen sie uns noch eine Runde», sagte die Cliquenführerin zum vorbeigehenden Alten. Sie sah ihn an. Wortlos schritt er an ihr vorüber. Er stellte sich zu den Männern und hielt den Stift in seiner Hand. Diesmal bestellte Norbert.

«Bringen sie uns bitte noch zwei Bier und einen Kaffee.»

«Der Kaffee ist für den Fahrer?», fragte der Mann.

«Ja», antwortete Norbert.

Jetzt schritt der Kellner zu den Damen.

«Bringen sie uns noch eine Runde aber ohne Limo. Außerdem drei Teller Strauben», sagte die Gruppenführerin.

«Essen bestellen sie gefälligst bei der Kellnerin», bellte er sie an. Schon lief er davon. Da kam der Bub mit seinem Ball. Norbert spielte den Ball mehrmals zum Jungen zurück. Dieser lachte.

«Der Balg nervt gewaltig. Das ist ein Gasthaus», meinte Ewald.

«Der Kleine hat Narrenfreiheit, gleich wie sein Großvater. Hoffentlich wird der Bub nicht so ein Depp», sagte die Anführerin.

«Ewald mag keine Kinder. Carol, hast du Kinder gern?», wollte Norbert jetzt wissen, er beobachtete den kleinen Bub und lachte.

«In Rumänien mussten kinderlose Ehepaare eine Strafsteuer zahlen. Wir waren sechs Kinder. Norbert, ich brauche keine. Wenn sie klein sind, schreien sie in der Nacht so, dass du nicht schlafen kannst, werden sie größer stehlen sie dir das Geld aus der Brieftasche.»

Ewald stoppte den Ball. Er klemmte diesen zwischen den Oberschenkeln. Da kam der Mann mit den Getränken, seinen jammernden Enkelsohn schickte fort, das Tablett stellte er am Tisch ab. Norbert und Carol bekamen jeweils ein Bier. Bevor er Ewald den Kaffee kredenzte, sagte er: «Autofahrer sollten überhaupt keinen Alkohol trinken.»

Er schritt jetzt zu den Damen und servierte dort.

«Ewald, der Chef hier hat wohl was gegen dich», sagte Norbert. Ewald zeigte den Scheibenwischer. Nachdem der Mann die Frauen mit Getränken versorgte, lief er zum letzten Tisch, um eine Bestellung aufzunehmen. Schon verschwand er im Gebäude. Da erschien der Bub.

«Wo ist mein Fußball?», plärrte das Kind.

Ewald trat seinem Bruder gegen das Schienbein. Nachdem niemand antwortete, fragte es erneut.

«Da hinten habe ich zwei Burschen mit deinem Ball gesehen», sagte Ewald und zeigte in Richtung der letzten Tischreihe. Der Junge machte sich sofort auf die Suche.

Die Kellnerin kam mit den Weinstrauben. Sogleich aßen die Damen von dem mit Puderzucker bestreuten goldgelben Backwerk. Die Bedienerin sammelte das Leergeschirr der Männer. Norbert und Carol studierten ihre Figur und vergaben jeweils acht Punkte. Der Junge kam angelaufen, er raunzte vor sich hin.

«Die sind vor einer Minute mit dem Ball ins Gasthaus gegangen.» Die Damen kicherten über Ewalds Aussage. Dieser warf den Ball auf den Boden, er lächelte zu den am Tisch sitzenden Frauen. «Der Kleine nervt gewaltig», sagte er entschuldigend zu ihnen. Im Stechschritt lief jetzt der Mann mit vollem Tablett an ihren Bänken vorbei. Sie schauten ihm hinterher. Sie sahen, dass er abrupt stoppte und sofort abhob, das Tablett und die darauf abgestellten Getränke flogen im hohen Bogen nach vor. Sein Körper wirbelte nach hinten und landete auf dem Allerwertesten. Die Beobachter verstummten. Mit einer Hand stützte er sich jetzt an einer Sitzbank. Schleppend stand er auf. Da kam der Bub.

«Opa, da ist mein Fußball.»

Der Großvater registrierte den Ball.

«Schau das du sofort auf dein Zimmer verschwindest, du Dreckbub, bevor ich dir den Schädel abschlag!»

Der Junge stand da, starrte auf den Ball und bewegte sich nicht.

«Lauf und nimm den Ball mit. Sonst passiert etwas!»

Weinend lief das Kind ins Gasthaus. Der Alte holte das Tablett. Die leeren Gläser, die er im Grass fand, stellte er darauf ab. Fluchend hinkte er an den Sitzbänken vorbei. Die Damen kicherten, die Handwerker grinsten. Ewald der seine rechte Hand unter dem Tisch hielt, ballte diese entschlossen zur Faust.

Da kam die Kellnerin. Ewald verlangte die Rechnung. Er bezahlte für die Speisen und gab ein angemessenes Trinkgeld. Die Getränke kassierte sie nicht. Die Handwerker verabschiedeten sich von den Damen. Sie schritten zu den Toiletten, wobei Ewald an der Theke stoppte.

«Ich bezahle die fünf Bier und den Kaffee.»

«Herr Chef, der Herr möchte zahlen», sagte die Angestellte hinter dem Tresen. Ewald sah den Gestürzten auf einem Stuhl hocken, mit der Hand massierte er seinen Knöchel. Eine Frau die eine Kochschürze trug, diskutierte mit ihm.

«Er ist noch ein kleiner Junge», hörte er die Frau sagen. Anschließend lief Sie in die Küche. Ewald spazierte auf den Mann zu, bezahlte ohne Trinkgeld zu geben. Gleich suchte er die Toilette auf. Beim Zurückgehen schlenderte er an dem Alten, der nach draußen humpelte lachend vorbei. Norbert und Carol warteten bereits beim Firmenwagen. Gestärkt und zufrieden stiegen die Männer ins Fahrzeug. Bevor Ewald ausparkte, fuhr er noch zweimal rückwärts in die Wiese. Die drei plauderten und ließen die Szene von vorhin noch einmal Revue passieren. Dabei lachten sie herzhaft über den Salto anale des Alten.

Besonnen fuhr Ewald den schmalen Fahrweg nach unten, erst auf der Hauptstraße beschleunigte er den Wagen. Bald sahen sie vor ihnen in einem Hügel eingebettet eine Häuserkette. Vor der Ortstafel bremste Ewald, so schlichen sie durchs Ortsgebiet, das an der nächsten Tafel schon wieder endete. Norbert und Carol musterten eine Radfahrerin, die parallel zur Straße am Radweg fuhr. Sie bewerteten das Aussehen der Frau. Norbert zeigte mit seinen Fingern die Sieben, Carol gab Neun von zehn möglichen Punkten. Derweil bog Ewald am Kreisverkehr ab, folgte der Landstraße, prüfend betrachtete er seine Mitfahrer.

«Was stinkt den da so?»

«Brauchst mich nicht anschauen. Ich war´s nicht!», rief Norbert.

«Carol, warst du das?»

«Was war ich», fragte dieser.

«Merkst du nichts? Es stinkt», sagte Ewald. Er öffnete das Seitenfenster, nur einen Spalt, sofort schloss er es wieder, rümpfte die Nase und verzog sein Gesicht.

«Dem Geruch nach Schweinemist», stellte Carol fest.

«Woher willst du das wissen», entgegnete Norbert.

«Das ist von einem Schweinestall. In Rumänien haben sie nicht nur Bären in Gehegen gehalten, die einmal im Jahr für die Jagd ausgelassen wurden, zum Abschießen für den größten Jäger des Landes. Mein Onkel, der mit den chronischen Schweißfüßen, hat bis zu seinem Tode Schweine gezüchtet. Ich kenne den Gestank.»

44

«Ah! Dort oben ist ein Bauernhof», sagte Norbert und zeigte auf das langgezogene Stallgebäude am Hügel.

«Wo müssen wir hin?», fragte er jetzt seinen Bruder. Dieser las die Zieladresse am Navigationssystem.

«Am Industriepark und die Nummer ist die drei.»

Er zog ein Papier aus dem Kuvert.

«Die Firma heißt ... Centrum Porcos.»

«Aha! Also doch», sagte Carol.

«Was ist?», meinte Ewald und sah zu ihm.

«Das ist Latein.»

«Na und?»

«Es bedeutet Zentrum der Schweine.»

«Das liegt viel weiter nördlich», sagte Norbert, er lachte über seine eigene Bemerkung.

Es ging bergauf. Kraftvoll schlängelte sich der Wagen nach oben bis zu einer Anhöhe, von dort sahen sie ins Tal. Eine breite Straße führte durch dieses, Lastkraftfahrzeuge wälzten sich in beiden Richtungen. Ewald verringerte die Geschwindigkeit. An einer übersichtlichen Stelle stoppte er. Ein Dachmosaik lag vor ihnen. Sie sahen zahlreiche verschiedenfarbige Planen, die behelfsmäßig die Dächer abdeckten.

«Da liegt der Industriekomplex. Schaut nur! Das sind tausende von Quadratmeter Dachfläche», schwärmte Ewald. Schließlich betätigte er den Blinker und fuhr die Straße den Hügel bergab.

«Das ist ein Fleischverarbeitungsunternehmen. Ich wette dort hat der Verrückte vom Gasthaus gearbeitet. Es stinkt auch nicht mehr», meinte Ewald jetzt.

Carol starrte auf die Fahnen vor der Firmeneinfahrt. Sie standen im Wind, eine Brise wehte aus der Richtung, aus der sie kamen. Bei einer Kreuzung stoppte Ewald. Zwei Firmenschilder zeigten den Weg. Ewald deutete auf den Wegweiser und sprach laut:

«Fleischhauereizentrum Süd. Das ist ja ein Riesen - Schlachthof.»

Siebzig Meter weiter kamen sie zu einer Gabelung, dort führte die Zufahrt zur Firma Centrum Porcos geradeaus. Ewald folgte dem Strassenverlauf, eine Kolonne Tiertransporter kam ihnen entgegen.

«Größter Schweinemastbetrieb Südösterreichs», las Norbert und zeigte auf eine Tafel. Ewald rümpfte die Nase. Sein Bruder tat es ihm gleich. Beide verstummten.

«Dort ist die Anmeldung», sagte Carol.

Ewald steuerte in Richtung Einfahrtsschranken. Da hörten Sie ein Dröhnen, schon sahen sie den Traktor, der aus einer der Hallen fuhr. Ein gigantischer Schlepper, der einen überdimensionierten Anhänger zog. Das automatische Rolltor fuhr zu. Ein Mann kam aus der Hallentür, bekleidet mit einem Ganzkörperanzug dazu trug er eine Schutzmaske und Gummistiefel. Ohne Worte beobachteten sie die Gestalt, für einen Augenblick verharrten die Männer regungslos.

«Nein! Das darf nicht wahr sein!», brüllte Ewald und schlug mit den Fäusten auf das Lenkrad.

«Arbeit ist Arbeit. Erfroren sind schon viele, erstunken ist noch keiner», sagte Carol. Sofort schützte er mit den Händen beide Flanken und lachte, da schlugen vier Fäuste auf seinen Kopf ein.

Eintrag ins Guinnessbuch

Er tippte unaufhörlich Zahlen und Buchstaben in die Tastatur, die Augen auf den Bildschirm gerichtet, die Umgebung ausgeblendet. Da bemerkte er das Vibrieren in seiner Hosentasche. Kurz schwenkte er den Blick auf die am Bildschirm rechts unten angezeigte Uhrzeit. Er überflog den Bericht und beendete das Programm. Jetzt stand er auf, verließ den Arbeitsplatz und schritt rasch entlang der Schreibtische durchs Großraumbüro. In der Toilette las er die Nachricht: Erich ist fertig. Wir brauchen dich.

Er hastete hinaus. In der Etagenküche bediente er flott die Espressomaschine, spazierte sogleich mit der Kaffeetasse in der Hand zurück, grüßte im Gang noch eine Kollegin und eilte durchs Großraumbüro zu seiner Koje. Am Arbeitsplatz nippte er vom Kaffee, dabei sah er aus dem Fenster. Alsbald holte er aus einem der Schränke einen leeren Ordner, öffnete dann die Schreibtischlade und entnahm zwei in Plastik eingeschweißte Pakete, die er in den Hefter gab. Damit verließ er den Schreibtisch, die Mappe klemmte er unter den Arm.

Vorne bei der ersten Koje bat er die Sekretärin mit einem Handzeichen um den Schlüssel für das Archiv. Die Telefonierende reichte ihm diesen, sprach weiterhin in die Sprechmuschel und winkte im zu.

Im Stiegenhaus führte er sogleich ein Telefonat.

«Kommen sie in zehn Minuten. Bitte warten sie vor der Firmeneinfahrt», sagte er und beendete das Gespräch.

Rasch hopste er die letzte Treppe ins Kellergeschoß. Dort öffnete er die schwere Metalltür, schaltete das Licht ein, schnappte einen Sessel und stellte diesen vor die Stellage.

Flugs öffnete er die Päckchen, fischte eine Schirmkappe sowie eine leichte Regenjacke, beide Werbegeschenke einer Speditionsfirma, aus den Zellophanverpackungen. Jetzt fasste er einen

Ordner aus dem Regal. Behutsam legte er den verstaubten Schnellhefter auf den Stuhl ab, den Inhaltslosen schob er in den freien Platz, das dünne Plastik steckte er in seine Hosentasche. Rasch schloss er die Archivtür, da zögerte er kurz, schließlich zog er den Schlüssel aus dem Schloss ohne zu versperren.

Mit den Werbegeschenken in der Hand lief er die Treppe hoch. Er beobachtete den Empfangsbereich, sah die Dame an der Pforte, die mit einem Mann vom Zustelldienst plauderte. Flott zog er die Jacke über, die Mütze schob er tief ins Gesicht. Er wählte den von keiner Kamera überwachten Seitenausgang und überquerte den Parkplatz. Dort in der Ecke fehlten am Dach zwei Wellblechelemente. Flink kletterte er vom Mauersims auf den Zaun, sprang von dort und landete auf dem Bürgersteig.

Er wartete hinter einem Baum, da sah er das Taxi. Kurz hob er die Hand, stieg ein und gab das Fahrziel bekannt.

Nach fünfzehn Minuten erreichten sie das Ziel. Er bezahlte und verließ das Taxi. Gleich zog er sein Mobiltelefon aus der Hosentasche und schaltete es ab. Vor dem Lokal standen Leute um einer flachen Schüssel, die als Aschenbecher fungierte. Er sah Jens, der Abseits der Gruppe an der Mauer lehnte und eine Zigarette rauchte. Er lief auf ihn zu.

«Jens, wie geht es Erich?», fragte er den Rauchenden. Dieser starrte ihn an.

«Frank bist du das?»

«Komm Jens, lass uns reingehen.»

«Wie siehst du aus?», fragte Jens. Er schnippte die Kippe zu Boden, mit dem Schuh zertrat er diese. Frank hetzte ins Lokal gefolgt von seinem Freund Jens. In der Kneipe hockte ein Mann auf einem Stuhl und spielte mit der Harmonika. Auf einem Stelltisch neben ihm stand eine digitale Uhr, unweit dieser ein Wasserglas, aus dem ein dicker Trinkhalm ragte. Vom Tisch prangte ein Plakat. Ein Solches nur viel größer hing auch an der

Wand, hinter dem Musikanten. Dort sassen zwei Frauen, die den Harmonikaspieler beobachteten.

«Mensch, Erich sieht ja furchtbar aus», sagte Frank. Er sah auf die Uhr am Tisch. Diese zeigte drei Minuten nach elf.

«Jens, Erich ist platt. Die eine Stunde schafft er nicht. So nicht.» Gleich drängten sie zur Theke. Sie bestellten zwei Bier.

«Endlich bist du da», sagte die Betreiberin des Lokals zu Frank. Dieser trat hinter den Tresen. Dort mischte er etwas Wasser mit Bier und Limonade, schließlich presste er noch den Saft einer halben Zitrone in das große Glas. Mit einem Trinkhalm vermischte er das Getränk. Damit spazierte Frank zum abgesperrten Bereich, hob das Absperrband hoch und schritt entlang der Mauer zum Tisch. Dort stellte er das Glas ab. Erst jetzt bemerkte ihn der Musikant. Müde schaute er auf.

«Erich, du schaffst es. Komm, gib nochmal alles. Trink davon.»

Er spazierte zurück. Bei einem Stehtisch stand Jens mit seinem Bruder. Frank schritt zu ihnen. Er trank zügig, um seinen Durst zu löschen, dabei beobachtete er Erich, der gestaucht dahockte. Ohne einer Körperspannung. Die Harmonika drückte seine Schultern nach unten. Die Anwesenden applaudierten. Der Musikant begann mit dem nächsten Stück.

Frank sah Erich an. Ja, dieser war fertig, sitzend k.o., das wievielte Musikstück er jetzt wohl spielte? Fünfzehn in einer Stunde. Um die dreihundertfünfzig in den verstrichenen dreiundzwanzig Stunden. Frank leerte sein Glas. Gleich schlenderte er zur Absperrung. Erich trank jetzt von dem frisch zubereiteten Getränk. Frank suchte den Augenkontakt. Erich schaute in seine Richtung und sah, dass Frank seine Finger um den Mund formte.

«Erich, nur noch dreizehn Musikstücke. Du bist der neue Champion», rief er seinem Freund zu, und begann ihn anzufeuern.

«Erich, du schaffst das. Erich, du bist der Beste. Erich, Erich ...» Die Umherstehenden schrien mit, bald brüllten sie im Chor. Das nächste Stück kannten die Anwesenden auswendig und sangen sogleich mit. Frank betrachtete seinen abgekämpften Freund. Wird er es schaffen? Einen Adrenalinstoß, ja, den bräuchte er jetzt. Frank schritt zum Stehtisch zurück. Er musterte das Publikum an den hinteren Tischen.

«Frank, hier», sagte Jens.

Er zeigte auf ein volles Glas, dazu sang er zur Musik. Frank fasste das Bier, zog seinem singenden Freund an der Schulter und flüsterte ihm ins Ohr. Zügig schlenderte er bis ans Ende der Theke, dort stoppte er. Frank betrachtete eine Blondine, die mit einer ihm unbekannten Frau plauderte. Er beobachtete beide.

»Vanessa, du bist das Adrenalin, das Erich jetzt braucht. Er ist scharf auf dich. Ja, komm mit«, sagte er ganz leise.

Die Blonde sah auf, erblickte Frank, der mittlerweile die Mütze abgenommen hatte und winkte ihm erfreut zu. Sofort zeigte sie auf den leeren Platz neben der Fremden. Er folgte der Einladung. Vanessa umarmte ihn, schmiegte sich an seinem Körper und ihre karminroten Lippen flüsterten ihm ins Ohr. Schließlich stellte sie Frank ihrer rotblonden Freundin vor.

«Frank, ich habe gewusst, dass du kommst. Dein Kumpel ist total beknackt. Einen ganzen Tag Harmonika spielen, nur um ins Guinnessbuch der Rekorde zu kommen.»

«Was meinst du dazu?», fragte Frank die Rothaarige.

«Ich weiß nicht. Irgendwie ist das bescheuert. Dennoch eine unglaubliche Leistung, da gehört Disziplin und Ausdauer dazu.»

«Das sehe ich genau so. Erich hat es beinahe geschafft. Er kämpft. Ich hoffe, seine Kraft reicht dafür. Er braucht Hilfe. Kommt mit nach vor, um ihn anzufeuern.»

«Wenn du es möchtest gerne», antwortete Vanessa. Sie schaute in seine Augen, kurz hielt er den Kontakt.

«Frank, wie lange warst du gestern hier?», wollte sie nun wissen.

«Bis zwei Uhr», sagte er und stand auf. Locker spazierte Frank voran, gefolgt von den beiden Schönheiten. Er tänzelte entlang der Theke bis zu den besetzten Stehtischen. Neben diesen blieben sie stehen. Jens, der dort weilte, begrüßte die beiden Damen.

«Jens, wir brauchen einen kleinen Tisch», sagte Frank zu seinem Kumpel und sah sich um. Jens verschwand. Frank sah auf die Uhr, noch über vierzig Minuten bis zum Weltrekord.

«Meine Damen, ich komme gleich zurück.»

Frank schritt zur Theke, holte einen Schreibblock dazu einen Kugelschreiber. Rasch kritzelte er etwas auf das Papier. Sogleich drängte er vor, schlich unter das Absperrband und gelangte zum Musikanten. Mit seinen Fingern zeigte er dem Freund eine Neun.

«Du schaffst es Erich, Weltmeister!», rief er. Den Zettel legte er jetzt auf den Tisch. In der Zwischenzeit strömten noch Leute ins Lokal. Frank schlängelte sich durch die Menge zurück. Jens stand neben den beiden Damen, enttäuscht zeigte er auf den Barhocker.

«Das ist alles, was ich gefunden habe. Es gibt keinen einzigen freien Tisch. Nichteinmal im Schuppen.»

«Super! Jens der passt genau.»

Frank schnappte den Hocker, in der zweiten Hand hielt er sein Bier und sagte: «Bitte meine Damen, ab in die erste Reihe.»

Sie folgten ihm. Die Getränke stellten sie auf den abgescheuerten Stoff. Frank nahm Vanessas Glas, positionierte es neu. So stand dieser begnadete Körper mit der blonden Mähne nur wenige Meter vom Musikanten entfernt. Erich bemerkte Vanessa. Gleich spielte er die nächste bekannte Melodie, zu der zahlreiche Besucher dazu sangen und klatschten. Es entwickelte sich eine Konzertstimmung. Immer wieder feuerten sie ihn an.

Erichs Blick streifte durchs Lokal, müde sah er in die singenden Gesichter seiner Freunde und Bekannten. Er stand auf, machte einen Schritt zum Tisch, trank mit dem Strohhalm aus dem Glas. Erich sah den Zettel. Lächelnd setzte er sich.

Schon begann er mit einem neuen Stück. Diesmal ein Liebeslied.

Der Musikant starrte zu Frank und dessen Begleiterinnen. Frank bemerkte ein Aufflackern in Erichs Augen, nur er kannte den Grund. Er betrachtete seinen Kumpel. Ja, Erich wirkte verdammt müde aber glücklich.

Jetzt prostete Vanessa dem Musikanten zu. Frank verschwand hinter der Theke und bereitete dort einen Espresso zu. In die bauchige Teetasse gab er noch Zucker, Sahne, eine Handvoll Eiswürfel und einen Schuss Cognac. Dieses Getränk brachte er seinem Freund, der ihn lächelnd ansah. Gierig saugte Erich mit dem Trinkhalm vom Eiskaffee.

«Noch zwanzig Minuten und Erich ist der neue Weltrekordhalter», schrie der Ansager ins Mikrophon.

Vanessa versuchte Frank etwas zu sagen, dieser verstand nichts. Durch den Lärm hörte er kaum die Harmonikamusik, dazwischen immer wieder die Erich Sprechchöre.

Zehn Minuten vor zwölf versperrten zwei Security Mitarbeiter den Eingang, niemand wurde mehr eingelassen. Erich spielte auf. Singen und Klatschen begleiteten ihn bis zum Schluss seines Rekordversuches. Die Anwesenden standen aufgereiht vor dem Absperrband und feierten bereits den neuen Rekordhalter.

Erich genoss diese letzten schweren Minuten. Immer wieder schaute er in die Menge, die Stimmung im Lokal sowie die Zurufe der Anwesenden spornten ihn an. Der göttliche Anblick von Vanessa gab ihm die nötige Kraft, beflügelte ihn über sich hinauszuwachsen und die allerletzten Reserven zu mobilisieren.

Noch drei Minuten. Jede Minute wurde vom Publikum und dem Ansager angekündigt. Die Letzte von Sechzig zurückgezählt. Da stand Erich auf. Zum dreihundertfünfundsechzigsten Mal spielte er an. Das finale Stück. Er wählte «The final Countdown» als letzten Titel. Die Uhr zeigte zwölf, die nahe Werkssirene heulte. Der Moderator schaute zu den zwei Damen am Tisch, beide sahen zum Moderator. Jetzt gaben sie das Zeichen. Leute von der Presse schossen Fotos. Geschrei und Jubel vermischten sich mit dem Heulen der Sirene. Als Draufgabe spielte Erich noch ein Liebeslied. Er sang, mit ihm das ganze Lokal. Schließlich durchbrachen die Anwesenden das Absperrband, schon hievten Jens und sein Bruder, den neuen Weltrekordhalter auf ihre Schultern. Die Fotografen knipsten. Eine Menschentraube umringte Erich.

Sie gratulierten ihren Helden, feierten ihn enthusiastisch. Schließlich ließen sie ihn runter. Erich stellte die Harmonika auf den Tisch, hatschte durch ein Spalier von Gratulanten zur Toilette. Jens schritt mit dem Instrumentenkoffer zum Tisch und platzierte diesen behutsam neben dem Musikinstrument. Da sah er das Blatt Papier, las die Botschaft und steckte den Zettel ein.

Derweil besetzte Frank den freigewordenen Ecktisch. Vanessa und ihre Freundin nahmen sofort Platz. Geschwind stellte Frank die leeren Gläser auf den Nebentisch.

Da kam Erich zurück. Gemächlich verstaute er die Harmonika im Koffer, den sein Freund Jens mitschleppte und auf der Ablage des Ecktisches abstellte. Jens zog Frank am Arm, dieser folgte seinem Freund zur Theke, wo Jens ihm ins Ohr flüsterte.

«Frank was soll das?»

Gleich zog er den Zettel aus der Hosentasche. Er las vor:

«Vanessa möchte vom Rekordhalter gebumst werden.»

«Jens, du weist, wie es ist. Du bist einige Marathonrennen gelaufen. Die letzten Kilometer, wenn der Mann mit dem Hammer kommt, ja dann gibst du alles um ins Ziel zu kommen. Und wenn dir jemand Spiritus zum Saufen gibt, nur um durch zukommen, dann säufst du eben Spiritus.»

Jens und Frank kamen mit den Getränken zurück. Erich sass neben Vanessa, zurückgelehnt saß er da, die Hände baumelten von seinen Schultern. Vanessas Freundin stand auf, holte eine Digitalkamera aus ihrer Handtasche, knipste Erich mit Vanessa und forderte sogleich Frank und Jens auf, Platz zu nehmen.

«So, jetzt lacht mal schön. Immerhin gibt es etwas zu feiern.»

Sie stießen an und gratulierten dem neuen Rekordhalter. Die Fotografin setzte sich wieder neben Frank. Der nächste Trinkspruch kam von Erich. «Ich danke euch allen. Ihr seid Weltklasse. Ohne euch hätt ich es nicht geschafft.»

Vanessas Freundin meinte: «Von dieser Freundschaft und dem Ganzen rundherum sollte in den Medien berichtet werden.»

Sie feierten Erich, dieser plauderte mit Vanessa. Frank hingegen gab Vanessas Freundin seine Telefonnummer. Bald stand er auf und verabschiedete sich von den Freunden.

Frank verließ das Lokal. Gegenüber dem Taxistand kaufte er noch eine Sportzeitschrift, nahm im ersten Wagen platz und schaltete erst jetzt sein Mobiltelefon ein. Rasch übersprang er die eingegangenen Mitteilungen.

Das Taxi stoppte einen Häuserblock vor dem Firmengelände. Die Schirmkappe tief ins Gesicht gezogen, eilte er durch den Eingangsbereich. Mit der Zeitschrift winkend grüßte er die Dame an der Pforte und huschte an ihr und dem Lift vorbei. Ohne gesehen zu werden erreichte Frank den Keller. Im Archiv holte er die leere Mappe hervor, die am Sessel legte er zurück. Kappe und gefaltete Regenjacke steckte er ins Plastik und schob es mit der Zeitschrift in den Ordner.

Frank versperrte das Archiv. Er joggte die Treppen hoch, schritt in den Aufenthaltsraum und bediente dort die Kaffeekapselmaschine. Mit der eingeklemmten Mappe unter der Achsel und zwei Tassen Kaffee spazierte er in den Bürotrakt. Am Eingang stoppte er, stellte die Tassen auf das Schreibtischpult und legte den Archivschlüssel auf eine Untertasse. Die Sekretärin strahlte ihn an, sie telefonierte und blätterte in ihren Unterlagen.

Frank schlenderte mit der Kaffeetasse zu seinem Platz, tippte Zahlen und Worte in die Tastatur. Da läutete das Telefon. Er schielte auf die Anzeige, nippte vom Kaffee, schließlich hob er ab.

«Danke Frank. Den Kaffee hatte ich nötig. Ich wollte dich schon im Keller suchen lassen. Nächstes Mal gib den Schlüssel bitte gleich zurück und nicht erst am Nachmittag. Ich habe zwei Karten fürs Kino bekommen. Freitag Abend, wenn du Lust hast.»

«Mal sehen. Ich muss diese Woche noch einen Bericht abgeben. Ich gebe dir Bescheid. Simone, kannst du für nächste Woche Donnerstag einen Leihwagen bestellen? Danke Simone, tschüss.»

Er arbeitete bis in die Nacht hinein.

Am Montagmorgen betrat Frank gegen neun Uhr das Büro. Die Sekretärin erwartete ihn.

«Morgen Frank, du sollst sofort zum Chef kommen», sagte sie, wobei sie mit ihren Lippen einen Kussmund formte.

«Danke Simone», antwortete er zwinkernd.

Zuerst schlenderte er in seine Koje, stellte die Tasche unter dem Schreibtisch, fischte eine Krawatte aus dem Schrank und spazierte damit in die Toilette. Frank band den Schlips um und betrachtete sein Spiegelbild. Gemächlich erklomm er die Treppen in den nächsten Stock.

Die Abteilungssekretärin schaute auf. Er grüßte. Sie blieb stumm, deutete ihm lediglich stehen zu bleiben. Gleich wählte sie eine Telefonnummer, da öffnete der Abteilungsleiter die Tür. Er forderte Frank auf, ins Büro zu kommen. Dort bot er ihm einen Platz an. Er selbst setzte sich auf seinen Lederdrehstuhl, hinter dem Schreibtisch.

«So Frank, wie war dein Wochenende?»

«Super», antwortete er, und ließ es Revue passieren. Freitagabend bis Samstagvormittag verweilte er bei Simone, den Samstagnachmittag verbrachte er mit Vanessas Freundin.

«Frank, unser Chef hat von der Zentrale die Anordnung bekommen Restrukturierungsmaßnahmen einzuleiten.»

Frank sah ihn an. Die Abteilungen verkleinern, gesundschrumpfen, so sieht der Plan aus. Das ist nicht dass, was in meinem

Bericht steht, damit bin ich nicht einverstanden. Im Service ist ...

«Frank! Was hast du am Mittwoch gemacht?», fragte er, wobei er Mittwoch betonte.

«Am Mittwoch? Ich habe für die A+S AG die angeforderten Kostenberechnungen abgeschlossen. Dazu den Bericht über unser Nischengeschäft gefertigt. Du hattest mir ja den Urlaub für Mittwoch gestrichen.»

Jetzt schaute er seinen Vorgesetzten an. Du hast nichts gegen mich in der Hand. Keine Kameraaufzeichnung, die du verwerten kannst, nicht das Geringste ...

«Frank, meine Frau liest gerne Lokalzeitungen.»

Er hörte seinem Gegenüber zu. Von was redest du da? Vielleicht solltest du deine Frau mal richtig verwöhnen. Mann, komm endlich zu meinem Bericht.

«Wie gesagt interessiert sich meine Frau dafür. Ein Steckenpferd von ihr. Sie schreibt auch hin und wieder für eine Wochenzeitung. Einen Beitrag von so einem Blatt hat sie mir am Sonntag beim Frühstück vorgelegt. Ich habe ihn ihr zuliebe gelesen, sah mir auch die Fotos an. Man muss viel Disziplin und Ausdauer haben, um das zu leisten, dazu braucht man Unterstützung.»

Jetzt hielt er einen Zeitungsausschnitt in der Hand. Er legte diesen auf den Schreibtisch, langsam schob er ihn vor.

«Mensch Frank, schau dir das unterste Foto an.»

Frank betrachtete das Bild. Erich, Vanessa, Jens und er sassen am Tisch, jeder bis auf Vanessa mit einem Bier in der Hand.

«Am Mittwoch um zwölf Uhr wurde ein neuer Weltrekord für das Guinnessbuch der Rekorde aufgestellt», las sein Vorgesetzter.

«Frank, mach sowas nie wieder.»

Dieser starrte weiterhin auf das Foto.

«Übrigens, die Firma A+S AG hast du beeindruckt. Dein Bericht hat Substanz. Das sollten wir uns genauer ansehen.»

Diese Worte überhörte Frank.

Lebensweisheiten

«Bevor sie gingen, tranken sie noch eins», schrie Adi zu den Männern am Tisch. Er lachte, seine Rotleuchtente Gesichtshaut vibrierte, der Kellnerin deutete er, noch eine Runde zu bringen.

«Adi, ich glaub, ich hab genug.»

«Sepp, du wirst doch nicht schwächeln. Merk dir eine Lebensweisheit, die mir ein weiser Mann einmal anvertraut hat. Wenn du denkst, es geht keins mehr, dann sei versichert: Eins geht immer noch.»

Adi lachte, seine Kumpel lachten jetzt mit ihm. Die Kellnerin servierte die bestellten Getränke, Adi luchste ihr hinterher und meinte: «Wär ich nicht verheiratet ...»

«Dann würdest du sie auf der Stelle heiraten», antworteten die Anwesenden im Chor.

«Aus dem Stand würd ich sie heiraten. Ohne Anlauf», sagte er und prostete den Freunden zu.

«Prost meine Herren. Auf das wir uns noch oft hier treffen.»

Adi stellte das Glas ab, Schaum klebte an seinem Schnurrbart. Langsam wischte er mit Daumen und Zeigefinger über diesem.

Sein nebenan zog ihn am Ärmel. Adi schaute in dessen Richtung. Jetzt sah er Sepp. Dieser schlief sitzend mit aufgerissenen Maul.

«Der verschläft sein halbes Leben», meinte Adi. Er fuhr fort: «Ich erzähl euch jetzt vom Nachbardorffest. Das ist aber schon etliche Jahre her. Nach der heiligen Messe, die im Festzelt stattgefunden hat, hat die Dorfkappelle aufgespielt, die hat eine Stimmung ins Zelt gebracht, mein lieber Mann ... Am späten Nachmittag haben die Leute auf den Bänken getanzt. Die Besucher haben getobt. Nur der Heinrich und der Karl sind am Tisch gesessen und haben Karten gespielt. Ich weiß nicht wie viele Partien. Und wer denkt ihr, hat am Tisch gepennt? Der Sepp. Wo der schon geschlafen hat. Im Winter wär er fast erfroren, da hat er sich vor die Haustüre hingelegt. Der Zeitungsausträger hat ihn geweckt.»

«Adi, warst du nicht auch boid dafroan?»

«Was ich? Was meinst du?»

«Das war kurz vor Weihnachten. Da hast du noch zu Haus gwohnt, da bist du an einem Tag dreimal mit deinem alten Käfer von der Straße abkommen. Zweimal hat dich dein Nachbar mit dem Traktor aus dem Schnee ausizogen. Beim dritten Mal hat dich ein Pensionist, der am Heimweg war nachhause mitgenommen. Er hat wohl die Spuren deines Autos gesehen.»

«Kurz eingenickt war ich. Das war schon alles.»

«So wie der Sepp halt, ja.»

Einer bestellte die nächste Runde. Sie prosteten einander zu. Bis auf Sepp, der schlief. Der Mann gegenüber Adi sagte jetzt: «War das Dorffest an dem Tag, an dem die zwei Deppen vom Nachbardorf zur Polizeiwache gfahren sind?»

«Ja, das war beim Dorffest. Die haben gefragt, ob's Blasen dürften, weil's neugierig waren, wer mehr Promille hat. Sie zahlen dafür, haben's gemeint. Eine Freude haben's gehabt. So viel Promille. Und dann sind die Deppen rausgegangen, beide sind in ihre Autos gestiegen und die Scheine waren's los.»

Sie lachten, da kam die nächste Runde.

«Habt ihr schon das Neueste gehört. Die Umweltschützer vom Nachbarort möchten einen Naturpark errichten, gemeindeübergreifend nennen sie das. Also über mehrere Gemeinden», erzählte der Mann neben Adi.

«So ein Schwachsinn. Doch nicht bei uns. Was wollen sie den bei uns schützen. Die Rehe und Füchse?»

Adi lachte wieder und fuhr fort: «Da macht unsere Gemeinde nie mit. Da kannst Gift drauf nehmen. Beim alten Huber, da wär ich mir nicht so sicher gewesen.»

«Du Adi, erzähl doch mal wie du den Huber vom Hof deines Vaters verscheucht hast», bat der Mann, der neben Adi hockte.

«Da gibt's nicht viel zu erzählen», sagte Adi. Er trank vom Bier. Die Männer sahen ihn an und warteten.

«Also gut. Der Gemeindesekretär hat meinen Vater einen Brief geschickt. Und zwar haben die Sparziergänger sich aufgeregt das der Misthaufen den Güterweg bedeckt. Mein Vater, er war damals schon sehr krank, wollt den Haufen verkleinern und den Weg frei machen. Ich hab einen Holzpfosten aufgelegt. Da können's rübergehen, hab ich zu meinem Vater gesagt. Der hat gemeint, dass man sowas nicht machen kann, wo doch die Gemeinde sich beschwert hat. Oh doch hab ich ihm gesagt.

Da sind sie gekommen und ich war halt gerade Zuhaus. Der Herr Gemeindesekretär und der Herr Bürgermeister, beide in Anzug. Was wollt ihr hier? Hab ich sie gleich angeschrien. Meinen Vater hat es richtig zusammengezogen. Der Bürgermeister hat das Wort ergriffen. Die Spaziergänger hätten ihn gebeten mit dem Vater zu sprechen, damit er den Mist wegschaufelt. Da ist ein Übergang, hab ich gesagt und auf den Pfosten gezeigt.

Der Bürgermeister hat dann gemeint, dass wir den halben Haufen wegschaufeln sollen. Zu meinem kranken Vater. Dann bin ich in Stall rein und hab eine Mistgabel geschnappt. Bin raus. Die Gabel hab ich vor meiner Brust gehalten. Ich hab gesagt, wenn euch der Haufen stört, dann schaufelt ihn selber weg. Wenn nicht schleicht's euch vom Hof aber dalli. Meine Vorwärtsbewegung war wohl ein bisschen zu schnell. Gut, angeschrien hab ich die beiden auch. Die zwei sind gelaufen, der Sekretär voran, der Bürgermeister hinterher. Hinein ins Auto und ab.

Die Strafe, ich weiß nicht mehr wie viel es war, hab ich mit Genugtuung bezahlt.»

«Adi, du warst bestimmt ein guter Bauer gworden», meinte sein Gegenüber. Die Männer stimmten dem zu.

«Bauer, das ist nichts für mich. Na, na. Der Niederlassungsleiter, der ich bin, der passt genau zu mir. Weist du, wie man drei

Bauern unter einen Hut bringt? Indem man zwei erschlägt.»
Sie lachten und tranken. Da begannen sie ein Sauflied anzustimmen. Der Wirt beobachtete sie.

«Fred, was schaust du so grantig?», rief Adi dem Besitzer zu. Er deutete ihm, herzukommen.

«Komm her und sing mit, oder sonst geh schlafen. Aber schau nicht so saudumm.»

Der Wirt lehnte an der Theke. Er gähnte gelangweilt.

«Meine Herren, dort drüben steht er, anstatt ins Bett zu gehen. Die Gier. Ich sag es ja immer. Das ist die nächste Lebensweisheit. Die Gier ist ein Schwein.»

Die Kellnerin kam am Tisch vorbei.

«Nettes Fräulein. Bevor sie gingen, tranken sie noch eins. Dazu eine Runde Schnaps. Dem Wirten kredenze sie auch einen.»

Die Männer lachten. Die Servierkraft kehrte mit dem vollen Tablett zurück.

«Vroni, was ist mit deinem Chef?»

«Der hat schon einen», antwortete sie und zeigte zur Theke.

«So meine Herren. Ein Prost auf uns», sagte der Besteller. Adi erhob sein Glas, er schaute in die Runde. Zum Schluss prostete er dem Wirten zu.

«Ex!», rief Adi, der jetzt den Gasthausbetreiber beobachtete. Dieser verzog sein Gesicht zu einer Fratze. Lächelnd stellte Adi das Schnapsglas ab. Sie wiederholten noch zwei der Lieder. Dem Mann, der Adi gegenüber sass, fielen die Augenlider zu. Adi bemerkte es.

«Gerhard, was ist los? Schwächelst du?»

«Bin anwesend».

«Anwesend? Du schläfst ja. Du bist schon gleich wie der Sepp.»

«Was? Ich doch nicht. Du kannst mich doch nicht mit dem Sepp vergleichen, nur weil ich meinen Augen eine kurze Pause gönn.»

Adi leerte sein Glas, zufrieden rülpste er. Schließlich sah er zur

Schank, sogleich stieß er mit dem Ellbogen seinen Sitznachbarn.

«Schau! Der Wirt ist eingeschlafen.»

Adi lachte. Mit der flachen Hand schlug er auf seinen Oberschenkel und grunzte. Sofort winkte er die Kellnerin herbei.

«Bevor sie gingen, tranken sie noch eins», brüllte er in voller Inbrunst.

«Und noch eine Runde Schnaps. Vergiss den Herrn Chef nicht.»

Bald kam sie mit der Bestellung. Die Männer glotzten ihr nach. Adis Sitznachbar strich mit der Hand über den Mund.

«Das ist ein Dirndl. Aber wie sagt der Adi immer: Appetit holt man sich auswärts, aber gegessen wird Zuhaus.»

Adi sah zu ihm: «Bei der Vroni würd ich sofort auswärts essen.» Er grunzte wieder, so laut, dass sein Gegenüber erwachte.

«So meine Herren. Prost und ex.»

Adi sah zum Mann hinter der Theke. Dieser schreckte hoch. Stirnrunzelnd betrachtete er das gefüllte Schnapsglas.

«Ex Fred. Sonst zahlst du die Runde und noch eine dazu.»

Alle, bis auf den schlafenden Sepp beobachteten jetzt den Lokalbesitzer. Mit einem schmerzverzerrten Gesichtsausdruck leerte dieser das Glas. Der Wirt zuckte zusammen, schließlich stützte er sich am Tresen und schüttelte den Kopf.

«Habt's gesehen, wie ich den motiviert hab? Also, eine weitere Lebensweisheit lautet: Motivation, Motivation ist alles.»

Adi grinste zufrieden.

«Was ist? Wollt's schon gehen?», fragte er seine Zechkumpane.

«Ja es ist spät. Außerdem ist bald Sperrstunde.»

«Der Mampfberger ist auch noch da», sagte Adi. Er zeigte auf den dicken Koloss in der Ecke.

«Der schnarcht schon», entgegnete sein Kumpel, der jetzt aufstand, um nach Hause zu gehen.

Adi betrachtete die schlafende Masse, sogleich sagte er: «Zum Hochheben brauchst einen Kran und wenn der Mampfberger

von der Bank fliegt, schlägt der Seismograph in München aus.»
Sie lachten über Adis Aussage, er am lautesten.

«Zahlen!», rief jetzt sein Gegenüber.

Adis Sitznachbar weckte Sepp. Dieser war benommen und beobachtete wie seine Kumpel die Rechnung beglichen. Sepp betrachtete die vollen Gläser, die vor ihm standen. Die Männer verabschiedeten sich, nur Adi und Sepp blieben noch.

«Sepp wenn du mitfahren möchtest, musst dich tummeln. Ein Bier trink ich noch, dann fahr ich heim.»

Adi bestellte ein Bier, er beobachtete Sepp. Dieser schlürfte vom lauwarmen Bier. Es dauerte nicht lange, da stand Adis Glas leer am Tisch. Jetzt schaute er auf seine Taschenuhr.

Sepp kämpfte und besiegte bald die zwei gezapften Bier. Vor ihm aufgereiht noch die Schnäpse. Mit jeweils einmal absetzten, vernichtete er diese. Am dösenden Gastwirt vorbei, verließen die beiden das Lokal, in der Ecke schnarchte Mampfberger.

Bevor sie in Adis Auto stiegen, pinkelten sie noch in den Blumentrog vor dem Gasthaus. Neben dem Blumenkasten parkte ein Auto, Adi bemerkte den Blechschaden am Fahrzeug.

«Anfänger».

Schließlich stiegen sie ins Auto. Adi fuhr los.

«Du, Adi. Schauen wir noch in die Disco?»

«Willst du dort weiterschlafen?»

«Das war eine kurze Schwächephase. Kreislaufbedingt. Jetzt bin ich wieder voll da.»

«Das glaub ich dir. Hast dich auch ausgeschlafen.»

«Auf ein Bier.»

«Ich weiß nicht.»

«Adi, bevor sie heimfuhren, tranken sie noch eins.»

«Na ja. Gut Sepp, aber nur eins, weil dann fahr ich nach Haus.»
Bald bog er von der Landstraße ab, Autos parkten bereits am Zufahrtsweg zur Landdisco. Bei der Einfahrt zum Parkplatz wäre

ihm beinahe ein Mopedfahrer in den Wagen gefahren. Dieser fuhr unbeleuchtet. Adi hupte, gleich öffnete er die Seitenscheibe.

«Du blädgsuffana Depp. Schalt dein Licht ein.»

«Adi, da ist ein freier Parkplatz.»

«Hab ich schon gesehen.»

Sie querten den Parkplatz. Vorbei an einigen Jugendlichen, die am Eingangsbereich rauchten, betraten sie die Disco.

«Was machen die zwei Ausflügler vom Altersheim hier?», fragte einer der Raucher in die Runde.

Adi und Sepp schwammen durch die Menge in Richtung Theke. Nach langem Zuwarten erhielten sie zwei Bier, mit diesen stellten sie sich abseits, die laute Musik zwang sie zu schreien.

«Was ist den das für ein grausliches Geplärre?»

«Adi, wann warst du das letzte Mal in einer Disco? Noch vor dem Vietnamkrieg?»

«Red nicht so saudumm.»

Adi nahm einen Schluck von der Flasche.

«Grauslich. Das schmeckt wie Seifenwasser. Sepp, dass du sowas saufst. Also ich glaub, ich muss meine Meinung, über dich revidieren», lallte Adi.

Er nippte noch zweimal an der Flasche.

«Du Sepp, ich fahr jetzt. Da gefällt´s mir net.»

«Ich bleib noch.»

«Was! Kommst nicht mit?»

«Nein. Eins trink ich sicher noch.»

«Dann bis zum nächsten Mal.»

Adi verließ die Disco. Er suchte sein Fahrzeug, nach einer weile fand er es. Beim Aufsperren stützte er sich am Auto ab. Es dauerte bis er aus dem übervollen Parkplatz hinauskam.

«Parken können´s auch nicht. Deppen! Disco, a Schnapsidee.» Nach kurzer gemächlicher Fahrt sah er am Ende einer langen Geraden die blitzenden Warnleuchten eines Einsatzfahrzeuges.

Im Schritttempo fuhr er an dem Rettungswagen vorbei. Adi steuerte rechts ran und stoppte sein Fahrzeug, das Parklicht lies er eingeschaltet. Vor ihm stand ein Polizeiauto, das Abblendlicht leuchtete. Auf der Gegenspur parkte ein Auto, bei dem die Warnblinkanlage flackerte.

Er stieg aus. Mit der Hand stützte er sich an der Fahrertür und versperrte sein Fahrzeug. Konzentriert wankte Adi am Polizeiauto vorbei. Er lehnte am Brückengeländer, da sah er eine Gestalt. Ein Polizist mit einem Handscheinwerfer, der für die Rettungskräfte den abschüssigen Hang ausleuchtete. Unweit des Beamten konnte Adi die Konturen eines Mopeds ausmachen.

«Was ist den passiert?», fragte er gleich.

Kurz drehte der Mann den Kopf.

«Steigen sie ein und fahren sie weiter. Hier gibt´s nichts zu sehen«, bellte er.

Adi wackelte zurück. Stoisch pinkelte er noch gegen einen Leitpfosten. Schließlich stieg er ins Auto und hantierte fluchend im Fahrzeug herum. Erst nach einer Weile fuhr er los.

Zuhause angekommen steuerte er den Wagen in die offene Garage, schloss schwerfällig das Garagentor und nach mehreren Versuchen gelang es Adi, die Haustür aufzusperren. Im Schlafzimmer angelangt legte er sich gleich, zu seiner schnarchten Frau ins Ehebett. Adi stimmte noch ein Sauflied an, bald schlief er ein.

«Adi! Adi! Wach auf», hörte er seine Frau rufen.

«Himmel sakra! Was ist los?»

«Adi, zwei Polizisten stehen vor der Tür.»

«Ja mei?»

«Sie wollen mit dir reden.»

«Um die Zeit. Sind die angesoffen?»

«Adi, steh auf.»

«Ja, ich komm schon.»

«Nicht einmal deine Hose hast du ausgezogen. Jetzt beeil dich.»

Seine Frau beobachtete kopfschüttelnd, wie lethargisch ihr Ehemann den langärmeligen Pullover anzog.

«Er kommt schon!», rief sie den Beamten zu. Diese standen vor der offenen Haustür.

«Was ist den in euch gefahren. Mitten in der Nacht die Leute aufwecken.»

«Es ist schon Tag», antwortete einer der Uniformierten.

«Weis euer Chef davon?»

«Der schickt uns. Herr Schlucker, wo haben sie ihr Fahrzeug abgestellt?»

«Mein Auto? Das steht in der Garage.»

«Wir möchten das mal inspizieren.»

«Ja, wenn's sein muss.»

Adi schnappte den Schlüsselbund vom Schlüsselbrett. Zu dritt schritten sie am Polizeiauto vorbei in Richtung Garage.

«Hat das mit dem Mopedunfall zu tun?»

«Ja.»

«Ah so, ich bin vorbeigekommen. Ich hab mich als Helfer angeboten, da können's ihren Kolleggen fragen.»

«Öffnen sie die Garage!»

Adi sperrte das Schloss. Er öffnete das Tor. Die Polizisten sahen ihn an, seine rote Gesichtsfarbe verblasste, alsbald glich sie der geweißten Garagenmauer. Adi griff in die Hosentasche, holte einen Autoschlüssel hervor und starrte auf diesen. Nochmal schielte er blinzelnd in seine Garage, in der das Polizeiauto stand.

«Danke für den Schlüssel. Der Kollegge ist in der Nacht zu Fuß bis zur Polizeiinspektion gelaufen. Wissen sie was auf Behinderung von Einsatzkräften, Entwendung eines Einsatzfahrzeuges sowie lenken unter Alkoholeinfluss steht? Sie kommen jetzt mit. Wir fahren gleich zur Polizeidienststelle.»

Auf der Fahrt meinte der Beamte beiläufig: «Es gibt da eine Lebensweisheit: Don't drink and drive.»

Der Affe und das Tuk-Tuk

«Zum Bahnhof?», fragte der Tuk-Tukfahrer den Touristen in Englisch. Der nickte mit dem Kopf, stellte den Koffer ins offene Fahrzeug und setzte sich auf die breite Sitzbank wo er den Rucksack zwischen seinen Füßen platzierte.

Der Fahrer kurvte durch die verwinkelten Seitenstraßen des Touristenviertels. Öfters hielt er an, um den Gegenverkehr passieren zu lassen, oder einem mobilen Obststand, der zu weit in die Straße ragte, auszuweichen. An einer Engstelle blieb er stehen. Vor ihnen entlud ein Mann Eisblöcke von einem Lastwagen. Lärm, Auspuffgase und der Gestank des Abwasserkanals umringte sie.

Auf der Gegenseite stoppte ein Tuk-Tukfahrer. Sofort begannen die beiden Männer eine Unterhaltung in der Landessprache. Der Taxifahrer ohne Fahrgast fragte seinen Kollegen: «Kommst du nicht zur Geburtstagsfeier unseres Kollegen Chang?»

«Doch. Ich fahre aber vorher noch über den Bergrücken in die Stadt.» Er zeigte auf den Touristen und sagte: «Den Affen bringe ich noch zum Bahnhof.»

«Komm aber nicht zu spät, sonst bekommst du kein Bier», meinte der Fahrer, der gleich zur Feier fuhr.

«Da werde ich umso schneller fahren, ich lasse mir doch nicht von euch das Bier wegsaufen.»

Sie lachten. Der Stau löste sich auf, die zwei verabschiedeten einander. Der Fahrer sah in den Rückspiegel und sagte: «So Affe, halt dich gut fest.»

Sofort gab er Gas. Der Motor heulte auf. Er überholte an den unmöglichsten Stellen, bremste, beschleunigte und gelegentlich schielte er grinsend in den Rückspiegel um den Touristen auf der Rüttelplatte zu beobachten. Bergauf, dort wo sich die Straße verbreiterte, trieb er den Motor zur Höchstleistung. Nach einer Fahrt von über dreißig Minuten erreichten sie den städtischen Bahnhof. Der Lenker der Motorrikscha stoppte in der zweiten Reihe. Er nannte den Fahrpreis. Der Fahrgast stieg aus dem Tuk-Tuk, schulterte lässig den Rucksack und hob in aller Ruhe den Koffer aus dem dreirädrigen Fahrzeug. Der Fahrer wiederholte den Preis. Der Gast drehte ihm den Rücken zu. Der Tuk-Tukfahrer schrie und fluchte jetzt in der Landessprache. Darauf verdrehte der Tourist seinen Kopf.

«Ein Affe hat kein Geld», sagte er akzentfrei ebenfalls in der Landessprache und ohne sich umzudrehen, schritt er gemächlich zum Bahnhofseingang. Im Bahnhofrestaurant bestellte er ein Bier.

Auf Inspektionsreise

Gemächlich rollte das Auto entlang der geteerten Straße, bis es in die Firmeneinfahrt einbog. Dort stand ein kahlköpfiger Koloss und schritt zum Fahrzeug. Aus dem Wagen rekelte sich ein Mann. In seiner Hand hielt er eine dicke abgegriffene Ledertasche. Der Wartende begrüßte den Ankommenden mit einem Lächeln. Dieser reagierte nicht, indes humpelte er gebückt in die Produktionshalle. Der Hüne folgte ihm.

Auf einem großflächigen Podest stand ein schweres Werkstück, gegenüber auf einer mobilen Trennwand, hing ein Werkplan.

Der Versehrte schlich zur Wand. Er setzte seine Lesebrille auf, schaute auf die Zeichnung und schielte über die Brille zu der montierten Stahlkonstruktion. Er schüttelte den Kopf. Jetzt kroch er auf das Podest, stellte sich auf und sah vorwurfsvoll auf dem nach oben blickenden Mann hinunter. Dieser kam auf ihn zu und sagte: «Bittä, gähen wir ins Biro. Frihstick äsen.»

«Mir ist der Appetit vergangen», antwortete der oben stehende.

«Ap-pätit ve-gangen?»

«Ich bin angefressen.»

«Ich verstähe nicht.»

«Dass ich keinen Hunger mehr habe, heißt das», nuschelte der Prüfer, während er gebrechlich nach unten stieg.

«Aah, ich verstähe jetzt,«

Sie spazierten zum Büro. Im Nebenraum, der einem Wohnzimmer glich, stellte der Ankömmling die Tasche auf eine Holzkommode und nahm am Sofa Platz. Schließlich entspannte er die Muskulatur. Er lehnte sich zurück, wobei ein Knacken seiner Gelenke das Quietschen des Möbelstückes begleitete. Da öffnete jemand die Tür. Eine Frau trat ein, sie hielt ein rechteckiges Tablett in ihren Händen und stellte es auf den Tisch.

«Bittä schen der Härr», sagte sie und verließ das Zimmer. Der

Mann am Sofa sprach kein Wort, er starrte nur auf das Tablett. Jetzt nahm der Glatzkopf auf einem Stuhl neben dem Tisch Platz. »Häm änd äggs, bittä äsen sie», flüsterte er seinem Gast zu und reichte ihm das mit Weißbrotscheiben vollgefüllte Körbchen. Der Besucher verschlang einige Bissen. Der Gastgeber schenkte derweil dem Gast und sich selbst einen Kaffee ein. Erneut begann er das Gespräch.

«Wir werdän den Liefertärmin einhalten kennen. Wir haben Probläme mit Martärial und Zuliefärär. Jetzt abär ist alläs in Ordnung», beteuerte er.

Dem Mann im Sofa beeindruckte das nicht. Er sezierte die Eier und den Schinken, sah nicht auf, sondern prüfte mit einem kurzen Blick die ungleich geschnittenen Brotscheiben.

«Schmäckt äs?», fragte der Kahlkopf und schenkte noch Kaffee ein. Erst jetzt schaute der Gefragte auf.

«Die Weißbrotscheiben sind nicht in gleich dicken Scheiben geschnitten. Wenn die Brotscheiben schon so unterschiedlich sind, wie sollen da die Werkstücke passen.»

Er schnappte die dünnste, hielt sie zur dicksten, lachte und biss ein Stück ab. Der Kahlkopf stand auf, er schritt zum Schrank, holte eine Flasche Balinka sowie zwei Gläser. Er nahm Platz. Gleich füllte er die Gläser. Sein Gegenüber tunkte mit der letzten Scheibe Brot, der dicksten im Körbchen, den Teller sauber.

Der Gastgeber sah ihn an, schielte auf den blanken Teller. Schließlich wischte sich der Hüne den Schweiß von der Glatze.

«Gäsundheit», rief er und hob sein Glas. Sein Gast leerte das Glas mit einem Schluck, Stand auf, fasste die Tasche und schlich zur Produktionshalle. Vor dem Podest bückte er sich über seine Tasche. Er öffnete nur einen kleinen Spalt, griff rasch in diese und verschloss sie gleich wieder. Der Mann beobachtete den Prüfer. Dieser kletterte locker mit dem Messwerkzeug auf das Podest.

«Der Balinka-Schnaps hat wohl die Steifigkeit in seinen Gliedmaßen gelöst», sagte er ganz leise. Er betrachtete den Genesenen.

Dieser setzte die Lesebrille auf und prüfte an bestimmten Stellen. Mit einer Leichtigkeit stieg er hinunter, schritt zur Trennwand und studierte die Zeichnung. An Hand des Werkplanes zeigte er dem Mann die Abweichungen. Der Hüne betrachtete den Plan und rieb sein Kinn. «Gähen wir zu andären Teilen», sagte er, drehte um und schritt voran.

«Nein!», schrie der Prüfer und deutete mit dem Zeigefinger zu ihm zu kommen.

«Erklären sie mir, warum sie diese Teile so zusammen gebaut haben», fauchte er seinem Gegenüber an. Dieser stammelte.

«Ich, ich, ääh ich kann nicht ärklären. Da missen wir den Chäfarbeiter fragen.»

«Keinen Chefarbeiter!», brüllte der Prüfer jetzt. Energisch zog er den Hünen an der Hand, da dieser im Begriff war wegzugehen um den Mann zu holen. Der Prüfer hielt in fest. Er fuchtelte mit den Fingern am Werkplan und teilte genau mit, was es an der Stahlkonstruktion zu korrigieren gibt. Zum Schluss meinte er noch: «Jetzt kann der Mann kommen.»

Der Glatzkopf stierte auf den Plan. Der Kontrollierende forderte ihn noch einmal auf, den Mann zu holen, denn der Koloss stand steif wie ein Stahlträger.

Der Prüfer wartete eine Zeitlang. Er sah auf die Uhr.

«Wo bleiben diese Stümper!», rief er in die menschenleere Halle.

Mit dem Rotstift, den er aus der Tasche holte, kritzelte er die notwendigen Änderungen. Da kam der Hüne, alleine und bevor er etwas sagen konnte, schnauzte der Prüfer: «Wo ist der Stümper?»

«Stimper? Was ist ein Stimper?»

«Stümper ist einer, der so etwas macht», dabei zeigte er aufs Werkstück und sprach: «Das ist ein Stümper oder ein Vollkoffer.»

«Stimper oder voller Koffer? Bittä, ich äh, ich verstähe nicht.»

«Ja. So, wo ist der Chefarbeiter jetzt?», fragte er, spähte über den

Brillenrand und schaute unübersehbar auf seine Armbanduhr.

«Ääh, Chäfarbeiter jetzt äsen. Macht Pause.»

«Was!», jaulte der Prüfer seinem Gegenüber an.

«Der wird sich bald nichts mehr zum Äsen leisten können.»

Der Prüfer fuhr mit seiner Arbeit fort. Nochmals hievte er seinen Körper auf das Podest, verrichtete weitere Vermessungsarbeiten und markierte spezielle Stellen mit dem roten Farbstift, beobachtet vom am Boden stehenden Hünen.

«Da kommt ähr!», rief dieser jetzt nach oben.

Der Mann am Podest schaute nach unten. Ein älterer voluminöser Herr stolzierte die Arme schwingend heran. Er trug einen langen schwarzen Arbeitsmantel, unter diesem ein weißes Hemd. Bis auf die fehlende Fliege glich er einem Konzertbesucher. Dieser Herr, der Leiter des Montage- und Komplettierzentrums, stand jetzt mit verschränkten Händen neben der Trennwand. Er schaute nach oben.

«Bittä schen», sagt er.

«Nichts ist schön», antwortete der Prüfer. In einem Schwall erklärte er, was alles nicht passte, wies daraufhin die notwendigen Änderungen fachlich korrekt auszuführen, dabei zeigte er auf den Werkplan. Der Prüfer schaute dem Mann in die Augen. Er wartete auf eine Antwort. Beleidigt sah dieser auf.

«Kein Probläm. Wir soo machen, ja?»

«Nicht soo machen. Genau und richtig machen», schrie der zur Produktabnahme geschickte.

«Und im Zeitplan bleiben, verstehen sie?», betonte er und zeigte dabei auf seine goldene Firmenjubiläumsuhr.

Mit angelegten Armen watschelte der Gekränkte, den Kopf hängend wie ein Pinguin, ferngesteuert aus der Halle.

Jetzt schritt der Hüne auf den Prüfer zu.

«Wir ändärn, bis in Ordnung. Gähen wir in die nächste Hallä?»

«Nein, ich habe genug gesehen. Ich will die restlichen Teile gar

nicht sehen», sagte der Kontrolleur merklich erschöpft zum Büroleiter. Der machte einen Schritt nach vor.

«Gut, dann wir kennen äsen fahren. Bald ist zwelf Uhr.»

Der Prüfer folgte widerstandslos, die Tasche hielt er fest in der
Hand. Ohne ein Wort zu wechseln, fuhren sie ins Stadtzentrum.
Erst als sie im Biergarten eines Restaurants saßen beendete der
Hüne das Schweigen.

«Das hier ist ein schener Garten und äsen sähr gut», meinte er.

Da kam der Kellner mit der Speisekarte. Der Koloss flüsterte
diesem etwas zu, worauf der Mann gleich wieder verschwand.

«Was nähmen sie?», fragte der Büroleiter seinen Gast. Dieser las
überrascht die deutschsprachige Speisekarte.

«Zuerst möchte ich etwas zum Trinken bestellen», sagte er. Er
schaute über seine Lesebrille, da kam der Kellner mit zwei Gläser
Bier. Flink stellte er sie ab. Sogleich fragte er: «Der Härr schon
wissen was äsen?»

«Bitte, eine scharfe Bohnensuppe und einen Esterhazy Rost-
braten.»

«Salat auch mechten?»

«Nein, ohne Salat.»

Der Koloss bestellte in der Landessprache. Zur scharfen Bohnensuppe wurde ein Korb mit Weißbrot gereicht, die Scheiben waren
gleichmäßig geschnitten. Der Prüfer zeigte in das Körbchen.

«Sehen sie? Diese sind gleichmäßig geschnitten.»

«Ja, das ist einä gutä Arbeit.»

Nach der Hauptspeise gab es für jeden eine ungarische Pfann-
kuchenspezialität, eine Gundel-Palatschinke. Später zur besseren
Verdauung einen Unicum, der Kräuterbitter erwärmte die
Mageninnenwände und löste die Zungen.

«Mein Name ist Cseh», sagte der Koloss. Er reicht dem Prüfer
seine kräftige Hand. Dieser drückte fest zu und schüttelte sie.

«Ich bin Hans, freut mich sehr», antwortete er mit einem Lächeln.

Stunde um Stunde verging, die beiden Männer saßen im Biergarten und löschten fröhlich ihren Durst. Sie plauderten, erzählten einander Geschichten, auch über die Zeit in der Armee.

«Habän mit WC-Papier sparen missen», sagte der Hüne. Sein Gegenüber lachte und fragte ihn darauf: «Tscheh kennst du die russische Auswischmethode?»

«Ru-si-sche Mäthode, känne ich nicht.»

Der Prüfer schnappte eine Papierserviette, die auf dem Stapel am Tisch lag. Er öffnete diese. Mit dem Mittelfinger machte er im Zentrum ein Loch und schob die Serviette bis zum Anschlag des Fingers. Sein Gegenüber sah jetzt nur den Finger und die Serviette. Der Finger krümmte sich einige Male, letztendlich wurde er mit der nach vor gezogenen Serviette abgewischt. Beide begannen zu brüllen. Der Zuseher griff nach dem Stapel, lachend steckte er eine in seine Hosentasche.

«Bässer eine nähmen. Sichär ist sichär», sagte er.

«Gute Idee», antwortete der Prüfer und steckte ebenfalls eine Serviette in seine Hosentasche.

So tranken sie bis nach Sonnenuntergang. Schließlich kamen beide zur Überzeugung, dass es viele gute Menschen auf der Welt gibt. Hans, dem die lange Anreise und die Nachkontrolle merklich zusetzte, verstummte. Der Hüne verlangte jetzt die Rechnung.

Ein Hotel lag nicht weit entfernt. Sie spazierten das Stück zu Fuß, Hans mit der Tasche in der Hand. Der Rezeptionist, ein alter Mann, übergab ein Anmeldeformular. Hans, nicht mehr in der Lage, dieses zu lesen geschweige den auszufüllen, stützte sich am hüfthohen Pult, die Tasche lag vor ihm. Der Handgriff sowie die Seitenteile waren massiv verstärkt. Sein Begleiter erledigte die Anmeldung für ihn. Schließlich eskortierte Cseh den ermüdeten Prüfer auf dessen Zimmer.

Oben angekommen inspizierte der Hüne sofort den Schlafraum,

die Dusche und die Toilette. Schließlich nickte er seinem Freund zu und meinte: «Alläs in Ordnung Hans.»

Die beiden Männer verabschiedeten einander. Hans legte die Tasche aufs Bett. Sogleich wackelte er in die Toilette, setzte sich, um zu pinkeln, da schlief er ein. Nach einer Stunde erwachte er und kroch schlaftrunken ins Bett.

In der Früh drehte er sich unruhig im Bett. Er stand auf, betrachtete kurz die Tasche, sogleich schritt er zum Badezimmer. Dort verrichtete er die Morgentoilette. Hans brauchte nur noch in seine Schuhe zu schlüpfen.

Er stieg die Treppe nach unten. Der greise Portier, der schon wieder oder noch immer den Dienst verrichtete, zeigte zum Frühstücksraum. Das Buffet weckte sein Interesse nicht, Hans wählte den Tisch mit den Getränken. Er holte Kaffee, Wasser und einen frisch gepressten Orangensaft. Dieser gekühlte Saft verminderte seine erhöhte Körpertemperatur. Nicht lange sass er am Tisch., bald schritt er zu den Getränken und trug einen vollen kühlen Krug davon. Da erschien Cseh, er kam, um den Prüfer abzuholen. Sie begrüßten einander freundschaftlich. Hans leerte den Krug. Er retournierte den Zimmerschlüssel, bezahlte und verwahrte die Quittung für seine Reiseabrechnung. Mit der Tasche in der Hand folgte er dem Hünen.

In der Firma eilten sie in die Produktionshalle. Der Chefarbeiter hantierte mit zwei Monteuren an der Stahlkonstruktion. Cseh und Hans begrüßten die Männer. Cseh plauderte kurz mit dem Chefarbeiter, dabei vernahm Hans den Namen Laszlo. Mit seinem Messwerkzeug stieg Hans nun auf das Podest, sogleich begann er mit der Sichtkontrolle der Stahlkonstruktion.

«Diese Seitä färtig», berichtete Laszlo, der Leiter und fügte hinzu: «Plattä hier wir wächseln. Vornä Teil spätär machen neu.»

Die zwei Arbeiter hoben eine Platte hoch. Sie ließen diese einrasten und verschraubten sie. Derweil stieg Hans hinunter um nochmal die Maße vom Werkplan zu nehmen. Er holte etwas aus der Tasche. Hans kletterte nach oben, um den größeren Teil des Werkstückes zu messen. Es dauerte, da er dies jeweils zweimal durchführte. Abschließend hämmerte er mit einem Hammer und einem Prüfstempel seine Prüferinitialen in das Werkstück.

Er wechselte zum zweiten Teil der Stahlkonstruktion. Die Arbeiter fixierten die letzten Schraubverbindungen. An Hand des Planes, der an der Konstruktion mit einem Klebeband befestigt war, prüfte er die Maße sowie die Anordnung der Teile.

«Gute Arbeit, Laszlo», meinte der Prüfer mit nach oben gestrecktem Daumen. Hans schritt zum Chefarbeiter, klopfte ihm auf die Schulter. Mit herausgestreckter Brust und erhobenen Hauptes gab dieser seinen Gehilfen weitere Anweisungen.

Hans holte einen Hefter aus der Tasche und schrieb ein Prüfprotokoll. Anschließend folgte er nur mit dem Messwerkzeug und der Mappe unter dem Arm dem Büroleiter. Sie schritten in die zweite Halle zu den Kleinteilen. Die Stichproben passten mit den Plänen überein.

«In zwei Wochen ist der nächste Prüftermin», sagte Hans erleichtert und meinte noch: «Wenn ihr so weiterarbeitet, könnt ihr den Terminplan einhalten.»

«Laszlo und die Arbeitär habän eine Äxtraschicht gemacht,» sagte Cseh zum Prüfer.

Die Männer hatten bis in die Nacht hinein gebuddelt.

«Keine Frage Tscheh, Laszlo ist ein guter Mann», antwortete Hans. Er zeigte mit den Daumen nach oben.

«Hans, wir gähen Mittagäsen?»

«Nein, Tscheh. Ich muss leider weiter, das nächste Mal gerne.»

Mit gestreckten Daumen verabschiedete sich Hans von Laszlo, der darauf durch die Produktionshalle stolzierte.

«Wo ist meine Tasche!», rief Hans verwundert. In seiner Hand hielt er das Messwerkzeug den Hammer sowie den Prüfstempel.

«Die ist bei däm Auto», sagte Cseh und zeigte nach draußen. Sie verließen die Produktionshalle. Ein Arbeiter kam mit einer Holzschatulle, Cseh öffnete diese.

«Hans das ist für dein Wärkzeug.»

Hans legte sein Messwerkzeug, den Hammer und den Prüfstempel in dieses mit Schaumstoff ausgepolsterte Furnierkästchen. Beim Auto sah er seine Tasche. Er öffnete das Fahrzeug, verstaute die Schatulle im Handschuhfach und stellte die Tasche auf den Beifahrersitz ab. Zum Schluss verabschiedeten sich Cseh und Hans mit der landesüblichen Umarmung.

«Bis zum nächsten Mal und alles Gute», sagten beide.

Als Hans in den Wagen einstieg strahlte er. In der Mittelkonsole sah er einen Zettel liegen, er schnappte ihn. Das Geschriebene las er laut: «Mietwagenfirma sprengen. Besteller des Leihwagens einem Drogenabhängigkeitstest unterziehen lassen ...»

Amüsiert zerknüllte er das Papier. Sein Rücken bereitete keine Probleme. Er fuhr aus dem Firmengelände, winkte Cseh zu und steuerte vorsichtig um die Kurve, wobei er mit der Hand seine Tasche vor dem Umkippen stützte. Sodann beschleunigte er den Wagen und verließ die Stadt.

Kurz nach der Stadtgrenze bog er in eine Seitenstraße, dort stoppte er das Fahrzeug hinter einem Busch. Hans kontrollierte die Umgebung. Schließlich öffnete er mit beiden Händen den Verschluss der bauchigen Tasche.

«Ein Wohlgeruch», sagte er.

Flink schloss er die prallgefühlte Tasche, der Duft der Käseleiber und Salamistangen füllten den Wagen. Hans stieg aus. Federnd schritt er zum hinteren Teil des Fahrzeuges. Wiederum schaute er sich um, schlussendlich öffnete er den Kofferraum. Seine glänzenden Augen funkelten, als er die in einer Box geschlichteten Weinflaschen sah. Rasch drückte er den Deckel nach unten.

«Hurra!», jauchzte er, mit der Handfläche schlug er aufs Blech.

Noch einmal betrachtete Hans diese Schätze, schließlich schloss er den Kofferraum. Zufrieden setzte er sich hinters Steuer. Bedächtig rollte er zur Hauptstraße zurück, bald sang er ein Lied und klopfte dazu im Takt mit den Fingern gegen das Lenkrad.

Nach einigen Kilometer Fahrt bemerkte er ein Rumpeln. Die Vorboten der Kombination aus scharfer Bohnensuppe und purem Orangensaft meldeten sich. Hans fuhr rechts ran. Er stoppte das Fahrzeug, das Donnern verstummte nicht. Da verspürte er ein Stechen im Oberbauch. Hans sprang aus dem Wagen, gekrümmt lief er auf die Beifahrerseite. Mit der Hand drückte er jetzt gegen den Magen, der Schmerz lies nicht nach. Halb gebückt riss er die Hose sowie den Slip bis zu den Knien hinunter, schon hörte er das Flutschen und übler Geruch stieg durch seine Nase.

Angelockt vom Gestank schwirrten sämtliche Fliegen der Umgebung herbei, um von diesem Festschmaus zu naschen.

Noch ein Mal ergoss sich ein übelriechender Schwall. Seine Oberschenkel schmerzten, er versuchte aufzustehen. In dem Moment fuhr ein Fahrzeug aus einer Seitenstraße. Sein Allerwertester blendete den Fahrer, worauf dieser zu hupen begann. Hans ignorierte es und begab sich abermals in die Hocke. Gebückt verharrte er. Die Finger wühlten in der rechten Hosentasche nach einem Taschentuch.

«Verdammt!», fluchte er.

Jetzt suchte er in seiner Linken, der nächste Schwall unterbrach ihn. Schließlich richtete er sich auf. Endlich fand er etwas, Hans zog es aus der Hosentasche, in der Hand hielt er eine Serviette. Er entfaltete diese und ging wieder in die Hocke. Sein Finger bohrte ein Loch in die Mitte des Papierstoffes. Mit einem Fluch, den er inbrünstig von sich gab, beendete der Prüfer seine Arbeit.

Der Ehrengast

Das Säckchen Reis und die Flasche Palmöl trug er in einer Plastiktüte, den gekühlten Karton Bier mit den zwölf Flaschen zu je 750ml schulterte er. So verließ er den kleinen Laden und marschierte los. Im spärlichen Schatten der Palmen wanderte er zur Mittagszeit entlang des Strandes, bis er zu einem Anwesen kam.

Erst gestern war er vom Flughafen Nadi in den Norden gereist. Ein Hinweisschild des «Saweni Beachs», verlockte ihn, aus dem Bus zu steigen. Für die fünf Kilometer zum Strand benötigte er über eine Stunde. Dort angekommen sah er weder ein Hotel noch eine Herberge. Allein ein renovierungsbedürftiger Laden stand unweit des einladenden Strandes. Im Hinterland fand er ein bäuerliches Gehöft, wo der Herr des Hauses ihm Quartier gewährte.

Diesen sah er jetzt unter einem Baum gegenüber des Refugiums. Mehrere Gestalten sassen im Kreis auf einer geflochtenen Matte. Die Männer standen auf, begrüßten ihn. Sie reichten ihm die rechte Hand, mit der Linken stützten sie dabei den rechten Ellbogen. Der Hausherr nahm den Reis und das Öl und bat den Gast, Platz zu nehmen. Einer der Anwesenden öffnete den Karton. Gleich schnappte der hagere Mann zwei Flaschen Bier. Diese hielt er so, dass die Verzahnung der Krone auf die Verzahnung der zweiten Krone drückte, mit einer raschen Hebelbewegung öffnete er eine der Kronen. Er schenkte Bier in ein schlankes Glas und reichte es dem Gast. Dieser wartete. Die Männer zeigten eine Trinkbewegung, erst jetzt leerte er den Inhalt, das Glas gab er zurück. Der nächste im Uhrzeigersinn kam an die Reihe.

Mit einer verbeulten Aluminiumschüssel kam der Hausherr aus der Küche, stellte das Gefäß in die Mitte des Kreises und hockte sich neben seinem Gast, der gespannt in die Schüssel spähte. Der Hausherr sprach englisch, damit auch sein Gast alles verstand.

«Uns wurde ein Gast geschickt. Ihm zu ehren schlachteten wir in der Früh eine junge Ziege. So wie es seit je her Brauch ist, bekommt der Gast das erste Stück.»

Darauf sprachen die anwesenden Männer einen Satz in Hindi. Diesen wiederholten sie drei Mal.

Der Herr des Hauses reichte nun die Schüssel. Sein Gast nahm eines der flachen unförmigen Stücke aus dem vollgefüllten Gefäß. Gespannt wartete der Hausherr. Der Gast schob es ihn den Mund, sein Gaumen attestierte den Geschmack von Metall. Der Herr des Hauses fragte den Gast, ob ihm das getrocknete Ziegenblut munde und schilderte detailliert die Zubereitung. Der Gast versicherte dem Hausherren, dass es nicht zu salzig schmecke und ein vollmundiges Aroma entwickle. Diese klassische Variante ohne Gewürze, sparsam mit Salz und Kräutern sei ideal gewählt, nicht zu aufdringlich im Geschmack.

Der Hausherr von diesem profunden Resümee seines getrockneten Ziegenblutes angetan, forderte den Gast auf ein weiteres Stück zu verspeisen. Erst jetzt gab er den Inhalt für die Wartenden frei. Diese bedienten sich erquicklich, dazu verteilte ein Mann das halbgefüllte Bierglas.

Die Männer sprachen jetzt englisch. Sie erzählten vom kargen bäuerlichen Leben, haderten über die steigenden Warenpreise und politisierten. Der Fremde lauschte, manchmal nickte er.

Dem Gast reichten sie durchgehend von der Spezialität. Dieser spülte die im Mund aufquellende Delikatesse mit dem Bier hinunter. Eine Zeitlang klappte dies. Das Bier, im Schatten gelagert, nahm allmählich die Umgebungstemperatur an. Sein Appetit schwand merklich, die Hitze tat das Übrige. Sein Körper und Geist ermüdeten. Das Verschlucken dieser köstlichen Speise gelang nicht mehr, er kaute, endlos wie ihm schien. Je ausgiebiger er einspeichelte, desto klumpiger erwuchs der Klos in seinem Mund. Das Nachspülen mit dem lauwarmen Bier funktionierte nicht mehr, so versuchte er angestrengt, den Klumpen hinunter zu würgen. Die Klappe blieb geschlossen. Der Kehldeckel, der beim Schlucken den Kehlkopfeingang unvollständig verschließt, schloss bei ihm nicht nur die Luftröhre, sondern auch die Speiseröhre. Allein die Flüssigkeit durchbrach diese Barriere.

Das nicht Vermeidbare trat ein, das mit Gewalt verspeiste, stieg die Speiseröhre hoch. Noch bevor es Mund und Nase erreichte, entschuldigte er sich bei den Männern. Er spazierte zur Toilette.

Fünfzehn Meter vom Haus entfernt stand die Wellblechkonstruktion. Er stieg über ein Seil, öffnete behutsam das angelehnte Blechelement und setzte zaghaft einen Schritt nach vor. Übler Geruch durchzog sein Riechorgan. Er betrachtete die Aushebung, ein Loch, mit einem Durchmesser von dreißig Zentimeter. Sofort befreite er den Mundraum von der Spezialität, die Nieren entlastete er ebenso. In dem Moment quoll Schweiß aus all seinen Poren. Das von der Sonne aufgeheizte Häuschen, mutierte zum Backofen. Rasch verließ er diesen.

An jeder Ecke der Konstruktion sah er ein gespanntes Seil und einen eingeschlagenen Holzpflock. Erleichtert kehrte er zu den Männern zurück. Sofort reichte man ihm die Schüssel, seine abwehrende Handbewegung akzeptierten sie nicht. Gleich gaben sie dem Gast das warme Bier. Die Flüssigkeit sickerte in die Speiseröhre, die Delikatesse blieb im Mund. Er biss daran. Mit geringem Erfolg. Das getrocknete Ziegenblut klebte an seinen Schneidezähnen, es gelang ihm nicht dieses zu Verschlucken.

Den Hausherren zu enttäuschen, kam für ihn nicht in Frage. So schnappte er eins, wenn man ihm die Schüssel reichte. Das Bier abzulehnen wagte er ebenfalls nicht.

Er stellte seine Taktik um. Einen Hamster gleich, sammelte er die kredenzte Spezialität in seinen Backen. Die langen Stücke faltete er, indem er diese in der Mitte mit den Schneidezähnen einstanzte und mit der Zunge längs in den Mund schob. Darauf drückte er mit der Zungenspitze den flachen Streifen zum Gaumen und bog ihn einmal um. So hortete er die Leckerbissen. Interessiert lauschte er die Gespräche über den Hurrikan. Nickte oder schüttelte anteilsvoll den Kopf. Man reichte ihm das Glas, gefüllt mit Schaum der Körpertemperatur erreichte, davon nippte er. Bald verließ er wiederum den Kreis der Männer. Diesmal schloss er die Toilettentür. Nur für Sekunden. Er riss sie auf, das Konsumierte spuckte er ins Loch. Sogleich kniete er nieder. Die Augäpfel spähten nach einer Papierrolle, er fand weder ein Klopapier noch eine Halterung zum Abstützen. Schon schmerzten seine Oberschenkel. Er glitt tiefer in die Hocke, schaute ins Freie, da sah er neben einem verkrüppelten Strauch eine angebundene Kuh. Sie glotzte jetzt in seine Richtung.

Unwohl jedoch erleichtert verließ er die Schwitzhütte. Er überstieg die gespannte Hurrikansicherung und schritt geradewegs zum angebauten Teil des Hauses. Im Verschlag, neben der Küche wusch er sich mit dem einzigen Seifenstück, das dort lag. Die nassen Körperstellen versuchte er mit dem durchschwitzten T-Shirt zu trocknen. Bald ließ er davon ab. Jetzt betrachtete er die Konstruktion. Das Haus bestand nur noch aus einer gemauerten Wand, die restlichen Wände aus Wellblech.

Er schlenderte zurück und nahm den Platz neben dem Hausherren ein. Schon wanderte die Schüssel zu ihm. Er wählte das kleinste Stück. Aus dem Glas saugte er den warmen Schaum, ließ ihn im Mund zergehen bis dieser in seinen Magen tropfte.

Der Hausherr bat den Gast, von Europa zu berichten. Der Alkohol löste dessen Zunge. Er erzählte von gemauerten Gebäuden. Fließendwasser im Haus. Kanalisation, Kühlung und Heizung für jeden Raum. Einbauküchen und sogar eigenen Esszimmern ... Die Inselbewohner lauschten gespannt. Fasziniert folgten sie den Schilderungen, des Schlaraffenlandes. Zufrieden beendete er seinen Vortrag. Seufzend sah er zum Haus. Einer fragte über die

Religion. Erstaunt hörten die Männer von einer Kirchensteuer. Da sagte der Hausherr zum Gast: «Wenn man für seinen Glauben zahlen muss, ist das kein freies Land. Außerdem gibt es in Europa alle paar Jahre Krieg. Das ist kein Platz zum Leben.»

Die Männer stimmten dem Hausherrn zu. Der in Gedanken versunkene Gast nahm noch ein Stück aus der Schüssel. Nur noch eine Handvoll, lagen in dieser. Er kaute energielos. Schon bekam er das Bierglas in die Hand gedrückt. Den Schaum sammelte er im Mundraum, um ihn sukzessive zu verschlucken.

Mehrere Männer verabschiedeten sich jetzt. Zum Abschied winkte er ihnen noch einmal zu. Schlussendlich schnappte er das letzte Stück, schob es zu den gesammelten in seinen Backen. Er deutete dem Hausherrn, stand auf und spazierte zum Wellblechverschlag, wo ihm vertrauter Gestank empfing. So schritt er gleich um die Konstruktion herum. Hinter dieser spuckte er den Mundinhalt auf den Boden und pinkelte darauf. Zuletzt bedeckte er es mit Sand. Lächelnd spazierte er zurück.

Der Biereinschenker bat ihn, Platz zu nehmen. Sie waren nur noch zu dritt. Der Hausherr latschte mit der leeren Blechschüssel zur Küche, derweil bekam der Europäer das mit Schaum gefüllte Glas in die Hand gedrückt. Die geleerte Flasche landete am Boden. Der Gast zählte elf. Nur noch ein viertel Liter pro Kehle, rechnete er. Da erschien der Hausherr. In seiner Hand hielt er ein Tongefäß, dessen Öffnung ein Tuch bedeckte. Er stellte es ab, drehte den Kopf zum Gast und flüsterte: «Jetzt kommt die Spezialität für unseren Ehrengast».

Behutsam entfernte er die Abdeckung. Bedächtig griff der Gast in das Gefäß.

«Getrocknetes Ziegenblut vermischt mit Ziegenfett und Gewürzen. Unschlagbar», sagte der Hausherr stolz.

In der Obhut der Eisenbahn

Die Fahrgäste drängten in den Schnellzug nach Inverness. Unter ihnen zwei junge Burschen, die als letzte mit ihren Tramperrucksäcken in den Waggon stiegen. Noch bevor sie einen Sitzplatz fanden, fuhr der Zug aus dem Bahnhof. Die Jugendlichen stoppten in der Mitte des Abteils und verstauten ihre Rucksäcke. Im Großraumabteil herrschte bald Ruhe. Die Leute, die nicht Zeitung lasen, sahen aus den Fenstern oder versuchten zu schlafen. Bald dösten auch sie ein.

Einige Stationen weiter, erwachten sie durch das abrupte Abbremsen sowie das Fluchen aussteigender Bahnbenützer. Draußen verschwanden die grauen Regenwolken und es wurde jetzt taghell. Die zwei betrachteten durch das verschmierte Fenster die vorbeiziehenden Grashügel.

Der Stärkere der beiden deutete seinem Kumpel mit dem Kopf. Da bemerkte dieser die nur durch den Gang getrennten gegenübersitzenden Damen. Eines der Mädel lächelte. Die Jugendlichen erwiderten den Gruß. Auch die Zweite nickte jetzt mit einem zurückhaltenden Lächeln. Die Mädchen tuschelten. Die Burschen lauschten konzentriert.

«Du Charly, ich glaube, die zwei Hasen sprechen französisch», flüsterte der Kräftigere. Sein Weggefährte nickte.

Die Mädchen plauderten, schauten zu den Jungs und kicherten. Die Brünette fuhr sich stets durchs Haar, die Blonde versteckte ihr Gesicht hinter einer Mappe. Charly schmunzelte.

«Peter, die Bräute kommen aus Frankreich.»

«Junge Frösche», antwortete Peter.

Die Blondine fragte jetzt: «Wie spät ist es?»

Peter sah zögernd auf sein Handgelenk. Er trug keine Uhr. Charly kramte in seiner Hosentasche, stand auf, holte eine armbandlose Uhr hervor und sagte: «Es ist fünfzehn vor zwölf.»

Lässig steckte er den Zeitmesser zurück. Das Mädchen spielte mit einer Haarsträhne und dankte mit einem reizvollen Lächeln. Die Jungs äugten andauernd zu den charmanten Mädels. Peter drehte sich zu seinem Kumpel und meinte: «Wäre doch nett, wenn wir uns zu den zwei setzten, um ein bisschen zu plauschen.»

Charly hielt seine Hand am Bauch.

«Zuerst sollten wir etwas essen. Ich habe hunger.»

«Das ist ein erstklassiger Vorschlag. Stärken wir uns. Später beschäftigen wir uns mit den Fröschen.»

Charly hob den Rucksack vom Gepäcksfach und stellte ihn auf den Sitz. Rasch öffnete er den obersten Reißverschluss, holte eine Stofftasche hervor, die er auf das Tischchen legte. Sodann schnappte er nach einer Plastiktüte. Da registrierte er den Tritt gegen sein Bein. Er fuhr hoch. Mit einem zornigen Blick fixierte er seinen Kumpel. Peters Kopfbewegung war eindeutig, schon hörte Charly die Passstimme des Schaffners: «Tickets, bitte.»

Flink stopfte er das Plastik in den Stoffbeutel und verstaute diesen im Rucksack. Er zückte das Interrailticket aus seiner Jackeninnentasche. Der Kontrolleur schritt zuerst zu den Mädchen, entwertete die Fahrkarten der beiden, danach kam er zu den Burschen. Er kontrollierte die Einträge in den Tickets. Da bemerkte Charly ein unterdrücktes Lachen seines Kumpels. Sogleich schaute er zu den kichernden Girls, sah aber nichts Sonderbares. Der Schaffner hielt noch immer Charlys Ticketbuch. Charly sah ihn an. Da war ihm klar, warum sein Freund sich das Lachen verbiss. Charly blickte in ein rosa Gesicht mit kleinen Schweinsäuglein dazu eine riesige Knollennase, ein gewaltiger Zinken. Charly starrte auf dessen Riechorgan, das einem stämmigen, von unzähligen Würmern durchlöcherten Steinpilz ähnelte.

Der Schaffner rümpfte die Nase, leckte mit der Zunge mehrmals über seine spröden Lippen und schmatzte. Er stierte zum Rucksack. Schließlich schritt er zu den nächsten Fahrgästen. Peter deutete seinem Kumpel zu warten, erst als der Schaffner das Abteil verließ, hob er den Daumen. Jetzt kramte Charly die Stofftasche hervor. Aus dieser holte er ein langes Weißbrot. Vom Plastik entnahm er eine halbe Stange Salami dazu noch Käse. Peter zog aus seinem Rucksack eine Plastiktüte und legte diese neben sich. Er griff in seine Hosentasche. Gleich fasste er sein Taschenmesser.

Die Girls verstummten, gespannt betrachteten sie die Burschen. Charly riss das Baguette in mehrere Teile, derweil zerstückelte Peter den Käse. Zum Schluss schnitt er fingerdicke Scheiben von der Salami. Charly deckte mit der aufgerissenen Baguette-Papiertüte den kurzen Ausziehtisch, die geschnittenen Wurst und Käsestücke platzierte er darauf. Da die Fläche für das Brot nicht ausreichte, legten sie sich die Baguettestücke auf den Schoß.

Neugierig folgten die Mädchenaugen den Bewegungen der Tramper. Diese steckten Käsestücke in ihre Münder, nagten von den dicken Wursträdern und hielten in ihren fettigen Fingern Weißbrotstücke, von denen sie gelegentlich abbissen.

Jetzt schnappte Peter zwei Bierdosen aus der Plastiktüte, warf eine seinem Kumpel zu, die dieser sofort öffnete und damit Peter zuprostete. Es dauerte nicht lange, bis sie das Bier vernichteten. Die leeren Dosen zerdrückten sie, um diese im engen Abfallbehälter entsorgen zu können. Das metallische Klicken erregte die Aufmerksamkeit der Französinnen.

Da kam der Schaffner durch den Waggon. In der Mitte stoppte er augenblicklich. Bedächtig drehte er den Kopf. Mit seiner klobigen Nase schnüffelte er herum, spähte zu den Luftschlitzen nach oben, dabei hob er seinen Riecher in die Höhe. Der Schaffner warf den Burschen einen Blick zu und schielte auf den Ausziehtisch. Er räusperte sich. Schlussendlich marschierte er aus dem Abteil.

Die weiblichen Mitreisenden tuschelten hinter hervorgehaltenen Händen, gelegentlich starrten sie, ohne zu lächeln, zu den beiden.

Nachdem die Tramper ihr Mittagessen beendeten, entsorgte Charly die Wursthäute mitsamt der fettglänzenden Papiertüte. Lässig langte er in die Außentasche seiner verwaschenen Jeansjacke. Er holte eine flache Whiskyflasche hervor, die er seinem Gefährten darbot. Peter trank einen Schluck, langsam retournierte er sie. Charly schnappte diese, zog daran kräftig und setzte die Flasche beglückt ab. Friedvoll verwahrte er den Schatz. Anschließend schluckten die beiden Freunde noch ein Bier.

Der Kontrolleur stand wiederum im Korridor, mit gerötetem Kopf, schaute er genervt nach oben. Seine Krawatte hing locker, die Dienstmütze sass schief. Er schwitzte.

«Diese verdammte Klimaanlage», raunte er und verschwand.

Die Burschen entsorgten weitere vernichtete Dosen. Sogleich fischte Peter die nächsten aus dem Plastikbeutel und meinte: «Lutschen wir noch eins. Mir scheint, das mit den Mädchen hat sich erledigt.»

«Was soll's, Peter. Ich muss jetzt mal. Ich bin bald wieder zum Schlucken bereit», sagte Charly.

Er stand auf. Peter hielt die Dosen in der Hand.

«Pass bloß auf, dass dich der Schaffner nicht ausraubt», warnte er seinen Kumpel. Peter zeigte lachend auf die versteckte Whiskyflasche.

«Mit seinem Riecher hat der Schaffner Witterung aufgenommen. Hier zur Selbstverteidigung», sagte er und warf Charly eine Bierdose zu. Dieser steckte sie in die freie Außentasche. Achselzuckend trippelte der Junge in Richtung Klosett, wobei er flüchtig zu den Mädchen schaute. Diese sahen aus dem Fenster.

Charly versperrte das WC. Er entleerte seine Blase, wusch die Hände und trocknete sie mangels Papier an der Hose ab. Jemand klopfte an der Tür. Er öffnete. Der Eisenbahner stand vor ihm.

«In der Toilette herrscht absolutes Rauchverbot», ermahnte der Schaffner den Fahrgast. Er wartete, bis der Bursche diese verließ.

«Keine Angst. Das Zeug rühr ich nicht an», antwortete Charly. Er bemerkte, wie der Zugbegleiter auf die Tasche seiner Jeansjacke lugte. Der Mann schwitzte übermäßig. Mit der Zunge leckte er über seine trockenen Lippen. Der hoch gewachsene Mann blockierte den Zugang zum Abteil. Er blickte streng, so dass Charly mit Unbehagen in dieselbe Richtung schaute. Er sah den Flaschenverschluss, der aus der Jackentasche ragte. Charly griff zur Pulle, reichte sie dem Staatsdiener.

«Ich b-bin im Dienst», stotterte der Verblüffte, richtete seine Krawatte und schielte dabei zur Flasche.

«Egal», antwortete Charly mit der Budel in der Hand.

«Es sieht ja niemand», fügte er hinzu.

Der Eisenbahner spähte in allen Richtungen. Entschlossen riss er dem Jungen die Whiskyflasche aus der Hand, öffnete die Verschraubung und saugte gewaltig an dieser. Rasch steckte er sie dem Besitzer in die Jacke zurück, wobei er ihm dankend auf die Schulter klopfte. Charly fasste im selben Moment in seine Jackentasche und überreichte dem Staatsdiener die Dose Bier, diese ließ der Schaffner in die Innentasche des Dienstsakkos gleiten. Zügig schritt er ins nächste Abteil.

Charly stand regungslos da. Nach einer weile holte er die Glasflasche hervor und betrachtete diese.

«Wau! Der Alte ist aber ein Schluckspecht», sagte er laut und schob sie zurück. Er wackelte zu seinem Sitzplatz zurück, sein Kollege trank gerade von der Bierdose.

«Du warst aber lange aus. Ich hab schon geglaubt, dass du in der Klomuschel stecken geblieben bist.»

«Peter, gib mir ein Bier und ich erzähl dir etwas.»

«Wo ist die Dose, die ich dir gegeben habe.»

«Komm schon!»

Angesäuert kramte Peter im Plastikbeutel.

«Nach dieser hast du aber nur noch eine», ermahnte er Charly.

Der fing die Dose, öffnete sie und trank einen ordentlichen Schluck. Jetzt schilderte er seinem Kumpel das Erlebte. Peter lachte. Er schüttelte den Kopf.

«Charly, du glaubst doch nicht, dass ich dir diese Geschichte abnehme.»

Dem Ungläubigen zeigte Charly das Beweisstück. Worauf der laut zu wiehern begann und sich auf den Oberschenkel schlug. Jetzt grölten sie im Kanon. Die Französinnen schauten verärgert. Peter war der Meinung das Wort Schwein, gehört zu haben. Er bat um die Whiskyflasche. Behutsam nahm er sie in die Hand, öffnete diese sachte und führte die Flasche an seine Lippen. Er sah zu den entrüsteten Damen und leerte den Inhalt in einem Zug. Im Zeitlupentempo setzte er die Pulle ab, er schaute immer noch zu den beiden. Jetzt rezitierte er im Theaterjargon: «Ich mag keine Frösche ... Aber ich liiiiebe ihre Schenkel.»

Die Mädels starrten entsetzt. Die Jungs, der französischen Sprache nicht mächtig, hörten die Unmutsäußerungen, ohne ein Wort zu verstehen.

Von der Zugfahrt ermüdet entfalteten sich die beiden Tramper auf den Doppelsitzen. Bald schliefen sie ein.

In der nächsten Station stiegen Fahrgäste zu. Eine ältere Dame und ihre Tochter suchten einen Sitzplatz. Rasch besetzten die Mädchen die freien Plätze mit ihren Taschen und täuschten vor zu schlafen. Da kam der Schaffner. Er schaute um sich. Entschlossen schnappte er das soeben abgestellte Reisegepäck und hievte es in die Überkopfablage. Dazu verstaute er noch die Taschen der zugestiegen Damen. Diese bedankten sich bei ihm herzlich. Der Eisenbahner nickte, drehte sich um und betrachtete fürsorglich die schlafenden Burschen. Schließlich schritt er voran. Mit einem Lächeln verließ er den Wagon.

Mordalarm

Im Rahmen des IPA-Projektes für den ländlichen Raum wurden dem steirischen Gendarmerieposten Seidlbrunn zwei Kollegen aus der Demokratischen Republik Kongo zugeteilt. Als Dolmetscher fungierte ein Polizist aus der Landeshauptstadt. Dieser im Kongo geborene und in Österreich aufgewachsene Beamte betreute die beiden aus dem Ort Sapo Sapo der Provinz Kasai-Occidental stammenden Männer.

Heute am dritten Tag lag der Schwerpunkt auf der Journalarbeit. Die Beamten zeigten den Gästen, wie sie Protokolle erstellten, Anzeigen aufnahmen und weiterbearbeiteten.

Einer der afrikanischen Polizisten dokumentierte dies, filmte bereits in den letzten Tagen bei Verkehrskontrollen sowie der Identitätsklärung eines Schwarzfischers. Der Zweite kämpfte mit der Müdigkeit. Diesen forderte der Dolmetscher auf, in das nächste Zimmer zu gehen, dort setzte sich der Übermüdete auf den Schreibtischsessel. Bald schlief er ein.

Der Übersetzter erklärte den Filmenden die Abläufe. Sie redeten in ihrer Muttersprache Tschiluba. Auf deutsch konnte der jetzt Schlafende die Wörter bitte und danke. Die österreichischen Gendarmen das Wort «eh-jo», das ja bedeutete und gleich klang wie das steirische «eh klar». Der Dolmetscher entschuldigte sich, verließ das Dienstzimmer und suchte die Toilette auf.

Da läutete das Telefon. Ein Beamter hob ab. Hilfesuchend sah er seinem Vorgesetzten in die Augen. Dieser schnappte den Hörer und übernahm das Gespräch.

«Wir kommen sofort!», rief er in die Sprechmuschel.

«Mordalarm, kommt mit, alle!»

Er schnellte voran, die Treppen hinunter, gefolgt von seinen Kollegen sowie dem afrikanischen Polizisten. Dieser sprang mit der Kamera in der Hand als Letzter in das kleine Einsatzfahrzeug.

89

Durch den Lärm erwachte der schlafende Kongolese. Er schlurfte ins Nebenzimmer, sah aber keinen der Männer. Jetzt läutete das Telefon. Er schaute um sich. Niemand. Es klingelte ununterbrochen. Er griff zum Hörer.

«Hallo», sprach er behutsam in das eingebaute Mikrofon. Sogleich presste er die Hörmuschel ans Ohr, schon hörte er eine aufgeregte Frauenstimme.

«Bitte», antwortete er leise.

Die Frau redete in einem Schwall und wiederholte das Gesagte.

«Eh-jo, danke», sagte er zum Schluss. Er lauschte noch, da kam der Dolmetscher aus der Toilette.

«Was gibt es?» Fragte er den Mann, der noch immer den Hörer in der Hand hielt.

«Die Frau des Kommandanten hat angerufen. Er soll sie zurückrufen», sagte dieser und fügte sofort hinzu: «Gleich wie bei uns, die höhergestellten Alten bekommen die jungen Frauen.»

Der Übersetzter starrte ihn an.

Mit Vollgas und eingeschaltetem Blaulicht raste der Postenkommandant im VW-Käfer zum Einsatzort.

«Im Waldgasthof hat jemand ein Kind stranguliert. Der Täter ist noch vor Ort», teilte er seiner Mannschaft mit. An der Kreuzung zum Betreuungsheim für psychisch Kranke, verminderte er kurz die Geschwindigkeit. Bald trafen sie beim Wirtshaus ein.

Die Gendarmen sprangen sofort aus dem Auto, der Afrikaner mit der Kamera hinterher. Er filmte den Einsatz. Die Beamten zogen die Pistolen, hielten diese im Anschlag und stürmten ins Gasthaus. Zögernd folgte der Kameramann den Gendarmen. Beim Eintreten ins Lokal sah er einen Regenschirm, der auf einem Hirschgeweih hing, er schnappte ihn und steckte den gebogenen Griff in die hintere Hosentasche.

In der Gaststube sassen an einem Ecktisch mehrere Männer, die Karten spielten. Am Anfang der Theke lehnten drei Forstarbeiter und tranken Bier. Alle starrten auf die eintreffenden Beamten. Die Kellnerin stand mit dem Rücken zum Eingang und servierte zwei Gästen eine Jause. Sie drehte sich um.

«Was macht's ihr da? Ich hab doch angerufen, dass ihr nicht kommen sollt.»

«Wir haben einen Anruf bekommen, dass ein Kind erdrosselt worden ist», antwortete der Einsatzleiter.

«Der Gustl war das», sagte sie und zeigte zum Thekenende. Die Beamten steckten die Dienstwaffen ein.

«Dort sitzt er mit seiner ... Frau. Er hat angerufen. Ich hab euch gleich, nachdem ich es bemerkt hab, verständigt.»

«Wir sind sofort hierhergekommen.»

«Mit wem hab ich dann gesprochen?», fragte sie.

Der Beamte sah sie an.

«Der Kindermörder hockt dort!», schrie Gustl.

Er zeigte zu den Kartenspielern. Die Frau neben ihm weinte.

«Das Kind ist tot. Verhaftet's den Mörder, bevor noch mehr passiert!», brüllte er und schlug mit der Faust auf den Tisch.

Der Postenkommandant schickte die zwei Beamten zu den Kartenspielern. Er selbst schlenderte zum Ende der Theke, gefolgt vom Kameramann. Die Frau flennte. Gustl zeigte aufgeregt in den Kinderwagen. Dort lag das Kind, der abgetrennte Kopf lag am Ende des geschlossenen Wagens. Der Kommandant holte diesen hervor, schnappte den Körper, drehte sich um und schraubte den Kopf in den Torso. Letztendlich nahm es der Einsatzleiter in beide Arme und wiegte es. Mit seinem Mund näherte er sich dem Ohr der Puppe. Leise stimmte er ein Wiegenlied an. Bald flüsterte er und legte es in den Kinderwagen zurück.

«Euer Baby schläft», sagte er zu den Eltern. Diese beruhigten sich jetzt.

«Schaut zu, dass nach Hause geht's. Ein Gasthaus ist nichts für so ein kleines Kind, außerdem wird da geraucht und geflucht.»

«Herr Inspektor, vergelt's Gott», flüsterte Gustl. Er schlich zur Theke, zog einen Schein und sagte: «Junges Fräulein, ich zahle.»

«Halt!», rief der Beamte. Er zeigte zu den Männern am Tisch.

«Das bezahlt der Verbrecher», sagte der Einsatzleiter. Er schlenderte zu ihnen, die Hände stützte er am Pistolengurt.

«Was ist den in euch gefahren? Lasst die zwei in Ruhe, oder möchtet's im Gemeindekotter übernachten und euren Rausch ausschlaffen?»

«Wir sind doch nicht rauschig», antwortete einer der Männer und trank von seinem Bier.

«Das bestimme ich. So, wer von euch Helden hat der Puppe den Schädel ausgerissen?»

«Na ja, ich bin von der Toilette zurückgekommen, da haben mir die zwei den Weg verstellt. Das Kind schläft, haben beide gesagt. Ich soll es nicht aufwecken. Da wollt ich es ihnen zeigen. Ich hab die Puppe ein bisschen zu fest angegriffen. Ja, es war ein Blödsinn aber ...»

Die drei Forstarbeiter beobachteten die Szenerie. Sie hatten in der Zwischenzeit die nächste Runde verlangt. Soeben bekamen sie die bestellten Getränke, wobei der Fahrer diesmal von der Kellnerin kein Bier, sondern eine Limonade erhielt. Der Mann starrte sie an. Seine beiden Arbeitskollegen lachten.

Gustl fuhr indessen mit dem Wagen an den grinsenden Kartenspielern vorbei, rasch verließen er und seine Frau die Gaststätte. Gemächlich schoben sie den Kinderwagen die Steigung zum Heim hinauf.

Die Kellnerin stellte vier Krügel Bier auf die Theke.

«Das ist für die Herren von der Exekutive. Der Kindermörder zahlt die Runde», sagte sie.

«Bist noch einmal davongekommen», ermahnte der Beamte den Kartenspieler. Er holte einen Schlüsselbund aus seiner Hose, warf diesen dem Dienstjüngsten zu und befahl ihm, das Einsatzfahrzeug umzuparken sowie die Einsatzlichter abzuschalten. Aufgereiht standen sie jetzt an der Theke. Der Postenkommantand, der eine Eskalation verhinderte, seine Kollegen, die nach dem Einsatz ein Bier erhielten und der Kameramann, mit einem Bier in der Hand dazu anschaulichem Filmmaterial über Konfliktbewältigung bei einem Polizeieinsatz im Kasten.

Die Kellnerin befüllte jetzt den Geschirrspüler. Nachdem der Postenkommandant ihr Fahrgestell kurz inspizierte, prostete er seinen untergebenen zu. Da sah er den Regenschirm in der Hosentasche des Afrikaners. Mit dem Bier in der Hand spazierte der Einsatzleiter auf den Auszubildenden zu.

«Heute brauchst du keinen Schirm», meinte er und deutete auf diesen. Der Kollege aus dem Kongo zeigte auf das Geweih, das an der Wand neben dem Ausgang hing.

«No rain», sagte der Kommandant zum Afrikaner und fuhr fort: «Diese Wolken sind harmlos.»

«Eh-jo», antwortete dieser.

Die Kellnerin wirbelte herum, sie starrte zum Kameramann.

«Was hast du gesagt?»

Der Einsatzleiter hob sein Glas. Er wartete, bis der Kongolese es ihm nachmachte, und trank.

Marathon-After-Party

Er stieg in den Bus, der dem Strand entlang die Kalakaua Avenue hochfuhr. Zwischen den vorbeiziehenden Palmen glitzerte für einen Augenblick das grünblau schimmernde Meer.

Eine Gruppe Asiaten sass auf den Plätzen vor ihm. Sie unterhielten sich. Einer der Männer fotografierte abwechselnd die Gruppenmitglieder. Die melodischen, hohen Stimmen der Damen wandelten sich vor jedem Schnappschuss zu einem klangvollen Lachen. Andauernd wechselten sie die Plätze im halb besetzten Bus. Vom Stimmengezwitscher abgelenkt, beobachtete der Europäer das Geschehen. Der Fotograf gab Kommandos, seine für die Aufnahmen unbewegten Motive verharrten lachend, manchmal schnitten sie Grimassen.

Da stand der Europäer auf, schob den Kopf nach vor und grinste zwischen den Damen in die Kamera. Sofort drückte der Fotograf den Auslöser. Der Asiate streckte den Daumen nach oben und verbeugte sich. Die Frauen sahen rückwärts, starrten in das gebräunte Gesicht mit den blonden Haaren. Der Mann lächelte, langsam verneigte er sich. Die Damen nickten, tuschelten hinter vorgehaltener Hand und kicherten.

Der Bus stoppte nahe des Ala Moana Einkaufszentrums. Die Gruppe verließ diesen und hetzte zum Einkaufstempel. Der Europäer betrachtete die sportlichen Figuren der Damen, wobei er eine der sich fortbewegenden Gestalten fokussierte.

Schließlich spazierte er von der Haltestelle Richtung Meer, flanierte entlang des hellen Sandstrandes und stoppte nach einem Kilometer. Im Schatten einer Palme hockte er sich auf den niedrigen Betonsims, der den Strand von der Straße abgrenzte. Er betrachtete den ruhenden Ozean. Aus seinem Rucksack holte er eine Wasserflasche. Bedächtig saugte er die lauwarme Flüssigkeit. In kurzer Entfernung hing zwischen zwei eingelassenen Metallpfosten ein gespanntes Netz, um dieses formierten sich braun glänzende Gestalten barfuß im Sand. In der prallen Sonne kämpften trainierte Körper beidseitig des Maschenwerks um Punkte. Er beobachtete, mit welchem Einsatz diese den Ball schaufelten, ausspielten und über das Netz drückten oder schlugen.

Weit draußen am Meer bemerkte er jetzt ein Schiff, seine Augen folgten es eine Weile, bald sah er nur noch einen Punkt. Schließlich stand er auf. Auf dem Weg zurück, schlug er einen Umweg ein. Er stapfte in seinen Sandalen durch den heißen Sand und betrachtete die in der Sonne bratenden Touristen auf ihren Badetücher oder Strandliegen.

Nach dem Fußmarsch querte er die Straße. Kurz vor dem Einkaufstempel hielt er an. Unbeirrt von den hinein und herausströmenden Gestalten reinigte er mit einem Taschentuch seine Füße vom Sand. Langsam betrat er den flach gebauten Komplex.

Im Verkaufstempel schlenderte er entlang der zahlreichen Geschäfte, schließlich erreichte er das Shirokiya Restaurant. In dieser weiträumigen Esshalle saßen vornehmlich japanische Touristen an schmächtigen Holztischen und speisten zu Mittag.

Da erblickte er die Gruppe von vorhin. Der Mann mit dem Fotoapparat führte die Stäbchen zum Mund, dabei fotografierte er mit seiner freien Hand. Dieser sah jetzt den Europäer. Sofort schoß er ein Foto von ihm. Der Japaner stellte die Fotokamera auf den Tisch und winkte seinem Motiv. Der blonde Mann blieb stehen. Der speisende Asiate zeigte auf den freien Stuhl. Die restlichen Mitglieder der Gruppe sahen lächelnd zu ihm auf. Er nickte. Jetzt holte er von einem der Verkaufsstände ein Nudelgericht dazu ein Bier, damit setzte er sich auf den freien Platz.

Er studierte die Stäbchenführung des Gegenübers, der diese ganz hinten fasste, eines der beiden völlig unbeweglich hielt und nur das Zweite bewegte. Der Europäer unterhielt jetzt die anwesenden Asiaten allein durch die kreative Stäbchenhaltung.

Er sah auf. Seine Augen wanderten zum nächsten Tisch, wo die Damen der Gruppe sassen. Er fokussierte dieselbe Asiatin, die er schon Stunden zuvor betrachtet hatte. Elegant fischte sie mit den Holzstäbchen kleine Fleisch-, Fisch- oder Gemüse-Häppchen, dunkte sie in eine der dunklen Saucen und lotste diese, ohne dass etwas auf den Teller fiel zwischen ihre vollendeten Lippen. Den Reis führte sie ebenso in den leicht geöffneten Mund, ohne dabei ein Körnchen zu verlieren. Er betrachtete das puppenhafte Gesicht der Dame, mit ihren feinen Zügen und der makellosen Haut sowie den Mandelaugen, die sporadisch lächelnd in seine Richtung funkelten. Gelegentlich wischte sie eine Strähne ihres langen schwarzglänzenden Haupthaares zärtlich zur Seite.

Der Fotograf unterhielt sich jetzt mit dem Europäer. So erfuhr dieser, dass die Gruppe beim Honolulu Marathon startet und dafür extra aus Japan anreiste. Der Firmenausflug einer Designerfirma. Sie plauderten miteinander. Der Fotograf griff in seinen Rucksack, holte ein zusammengelegtes T-Shirt hervor, welches er entworfen hatte und überreichte es dem Europäer. Der bedankte sich dafür. Er las die englische Aufschrift: Honolulu Marathon, die Jahreszahl und den Designernamen Makki.

«Mein Name ist Charly», sagte der Europäer und reichte die Hand. Der Japaner schüttelte sie.

«Ich bin Makkimoto. Meine Freunde nennen mich Makki.»

Die restlichen Gruppenmitglieder beendeten den Mittagslunch und warteten auf den Fotografen. Dieser lud Charly zur Nach-Marathon-Feier am nächsten Abend ins Hotel ein. Charly verabschiedete sich verbeugend von Makki und der Gruppe. Bald verließ auch er den Komplex und fuhr in seine Herberge. Den lauen Abend genoss er an einer Bar im Freien.

Am nächsten Morgen fand der 16. Honolulu Marathon statt. Abermals ein Sonntagmorgen, an dem eine japanische Armada über die Insel Oahu herfiel. Diesmal aber bewaffnet mit Laufschuhen, Stirnbänder, Sportuhren und Müsliriegel. In aller Früh drängten die Athleten in den Startbereich. Von den über zehntausend Teilnehmern stammten die Hälfte aus Japan. Der Startbeginn war für fünf Uhr angesetzt. Zu dieser Zeit erwachte Charly. Nachdem er die Toilette aufgesucht hatte, legte er sich wieder ins Bett.

Gegen achtzehn Uhr stieg Charly am Ala Wai Boulevard aus dem Bus. Er spazierte in Richtung Strand. An einem Einkaufszentrum stoppte er um ein Mitbringsel für die Party zu besorgen. Umgeben von mechanisch bewegenden Gestalten schlenderte er entlang der Verkaufsflächen. Mit einer Flasche Whiskey verließ er den Geschäftskomplex und spazierte die Straße hinunter.
Nachdem der Tourist etliche hatschende in Sportkleidung überholte, bog er in eine Seitenstraße, auch dort begegneten Charly Versehrte. Vor ihm stand ein vielstöckiges Gebäude. Von seinem Standort aus sah er einen Teil des Schriftzuges. Kiki konnte er ausmachen, dazu die beiden Ersten sowie den letzten Buchstaben vom zweiten Wort. Die restlichen verdeckte eine Palme. Zwei Männer humpelten an ihm vorbei. Er las: «Waikiki Hospital». Er lachte und durchschritt die Palmenallee bis zum Vorplatz, deutlich sah er jetzt die Hotelleuchtschrift.
In der geräumigen Lobby schlenderte er umher, stoppte vor dem Eingang der Pianobar und erhaschte so einen Blick auf den farbigen Pianospieler. Auf der Bühne sah er drei Afroamerikaner in elfenbeinfarbigen Anzügen. Sie tänzelnden synchron zu einer ihm vertrauten Melodie. Schließlich sangen die Künstler das deutsche Volkslied «Schwarzbraun ist die Haselnuss» in englischer Sprache. Beim Refrain schmunzelte er.
Indes spazierte er zum Eingangsbereich zurück, da sah er den Mann im schwarzen Smoking. Dieser kam auf ihn zu und lachte.

Der Europäer, der seine beste Jeans dazu das herzeigbarste Hemd trug, starrte Makkimoto an. Erst spät bemerkte er, dass der Smoking ein bemaltes Shirt war. Sie begrüßten einander. Der Europäer folgte dem Asiaten und betrachtete dessen quietschenden Badeschlappen.

«Wie war das Marathonrennen», fragte er den Mann, der weder humpelte noch hatschte.

«Ich bin sehr zufrieden», antwortete der Japaner und deutete seinem Gast in den Lift zu steigen.

«Makki, dein Shirt gefällt mir».

«Oh! Dankeschön. Ich habe es selbst entworfen.»

In der vorletzten Etage verließen sie den Lift. Sie betraten das Hotelzimmer, ihre Schuhe stellten sie zu den aufgereihten Hausschuhen im Eingangsbereich. Charly folgte Makki. In der Mitte des großräumigen Zimmers sassen Männer in einem Kreis auf dem Teppichboden. Makki deutete seinem Gast, das Geschenk auf ein Möbelstück zu stellen. Die Männer standen auf, schritten auf die Ankömmlinge zu und bildeten dort eine Reihe. Dahinter sah Charly die Damen am Boden hocken.

«Das ist der ehrenwerte Herr Tanaka», sagte Makki in einer tiefen Stimmlage und fuhr fort: «Herr Tanaka ist der Firmengründer und unser aller Boss.»

Jetzt sprach er um eine Nuance tiefer auf Japanisch. Mit den Worten «Charly San» beendete er den Satz.

Der Firmeninhaber und der Gast verbeugten einander. Herr Tanaka hielt dabei die Handflächen auf die Oberschenkel, Charly seitlich an die Hosennaht. Makki stellte die restlichen Herren vor. Zum Schluss noch die anwesenden Frauen, drei an der Zahl, die getrennt von den Männern in einer Ecke hockten.

Charly glaubte, zwei davon am Vortag gesehen zu haben. Die mit dem anmutigen Gesicht, die ihn im Restaurant anlachte, sah er zu seinem Bedauern nicht. Die Damen legten bei der Verbeugung ihre Handflächen vor dem Oberkörper übereinander. Die drei führten diese Bewegungen synchron aus.

Jetzt teilte Makki seinem Gast mit das Geschenk an Herrn Tanaka zu überreichen. Der schmächtige Senior bedankte sich mit einer Verbeugung. Auch er sprach mit einer tiefen, feierlichen Stimme. Makki übersetzte die Dankesworte.

Schließlich nahmen sie Platz, Charly neben dem Firmenchef. Makki verteilte an den am Boden hockenden Männern je eine der kleinen Bierflaschen. Charly bemerkte jetzt, dass keiner der Japaner, nicht einmal Makkimoto einen Fotoapparat bei sich hatte. Außerdem trugen sie sportlich legere Kleidung.

Charly erfuhr, dass alle zwölf gestarteten Mitglieder der Gruppe den Marathon beendeten. Er gratulierte zu dieser Leistung. Makki, als einziger der englischen Sprache mächtig übersetzte. Charly zählte drei Frauen und fünf Männer. Die restlichen vom Marathonlauf ausgezerrten Teilnehmer erholten sich, auch seine Miss Japan. Nur ein Mitarbeiter der Firma ging nicht an den Start, dieser wohlgenährte Herr hockte ihm gegenüber.

«Charly, heute starteten über zehntausend Läufer. Davon die Hälfte aus Japan», teilte Makki mit. Er stand auf und servierte die nächsten Bierflaschen.

«Gewonnen hat ein Mann aus Italien.»

«Das ist mein Nachbarland im Süden.»

«Ja? Wir Japaner kennen das nicht. Wir haben aber unsere verschiedenen Inseln.»

Makki übersetzte das Gesprochene. Die im Schneidersitz aufrecht hockenden Männer lauschten, im Chor sangen sie mit Passstimmen ein langes O und nickten. Im Hintergrund hörte Charly kurz das Tuscheln weiblicher Stimmen.

Schon verteilte Makki die nächsten Fläschchen. Charly dankte für das schmackhafte Bier. Er betrachtete die japanischen Buchstaben, am Etikett. Schließlich las er die englische Übersetzung.

Der ehrenwerte Herr Tanaka wollte wissen, ob das Bier in Europa ähnlich dem Japanischen oder dem Amerikanischen ist. Er staunte, dass die Europäischen dem Japanischen ähneln. Doppelt so stark wie die aus den Vereinigten Staaten.

Charly befragte die Sportler über die Vorbereitungen für einen Marathon, zudem wie viele Kilometer und Stunden sie dafür trainierten. Einer der Herren konnte die Körperspannung nicht mehr aufrecht halten. Gestaucht sass er da, alle paar Sekunden drückte die Schwerkraft seinen Körper tiefer nach unten. Erneut stemmte er den Hintern hoch, jedoch stand er bald auf, verneigte sich vor dem Firmeninhaber, danach von den restlichen Herren, die sich ebenso erhoben. Charly, dem die Füße von dieser Sitzposition schmerzten, war erleichtert. Schließlich hatschte der müde Sportler aus dem Zimmer.

Der Wohlgenährte sprach zu Makki, dabei sah er zu Charly. Makki nickte und sah zu seinem Gast.

«Der ehrwürdige Herr Watanabe möchte wissen, welchen Sport du betreibst.»

«Ich laufe, aber keinen Marathon und trainiere mit dem eigenen Körpergewicht.»

Sein Gegenüber flüsterte zu Makki. Der antwortete mit Unterbrechungen zwischen den Wörtern, dabei atmete er heftig. So heftig, dass auch die Damen im Hintergrund verstummten. Der Voluminöse starrte in Makki's Gesicht, dieser drehte den Kopf zum Firmenchef. Makki's Stimme bebte. Herr Tanaka sagte kein Wort. Er nickte bestimmend.

Charly beobachtete die drei Herren. Makki beugte seinen Oberkörper zu ihm. Herr Watanabes Kopf folgte konzentriert der Bewegung, auch Herr Tanaka sah jetzt zu ihm.

«Charly», sagte der bedrückte Makkimoto und fügte hinzu:

«Darf der ehrenwerte Herr Watanabe deinen Bizeps befühlen?»
Charly schaute auf. Er und die Anwesenden sahen den wohl-

genährten Watanabe, der jetzt seine Hände hochriss und anspannte. Charly prüfte die Muskeln des Hobbysumoringers.

«Herr Watanabe ist ein sehr starker Mann», sagte Charly nickend. Dazu hob er seinen Daumen.

Sein Gegenüber nickte und starrte ihn sogleich an. Schließlich spannte Charly den Oberarm. Herr Watanabe testete die Muskelanspannung, dabei gab er tiefe Laute von sich. Zum Schluss spannte Charly noch den Unterarm an. Mit einem langen tiefen O-Ton beendete Herr Watanabe die Überprüfung. Er nickte und sagte: «Very strong.»
Das «sehr stark» wiederholte er. Kopfnickend sah er zu jedem der anwesenden Männer.

Der Ruhige, der neben dem Dicken die ganze Zeit still dasaß, sackte immer öfters in sich, dazu fielen ihm die Augenlider zu. Kurz schreckte er hoch um für einen Moment aufrecht zu sitzen. Herr Tanaka bemerkte dies und flüsterte dem Mann ein Wort zu. Dieser döste bereits. Herr Tanaka erhob seine Stimme, so das der Mann erwachte. Sofort richtete er den Oberkörper hoch. Der Firmenchef sprach jetzt zu seinem Untergebenen. Charly beobachtete die zwei Männer, bemerkte eine Wandlung der Gesichtszüge der beiden. Charly sah zu Makki, sein Gastgeber starrte gespannt, der Wohlgenährte ebenso. Schlussendlich krabbelte der Mann in die Hocke und stützte sich mit beiden Händen hoch. Bei seiner Ehrerbietung schwankte er. Die jetzt stehenden Männer verbeugten sich ebenfalls. Der Mann torkelte aus dem Zimmer. Die Männer lachten. Charly schielte zu den Damen, die lautlos kicherten.

«Unser verehrter Herr Tanaka hat unserem ehrenwerten Kollegen vorgeschlagen, das Bett aufzusuchen», erklärte Makki seinem Gast, schritt zum Kühlschrank und verteilte die nächsten Bierflaschen. Sie plauderten, wobei Herr Watanabe seinen spärlichen englischen Wortschatz einbrachte. Da verabschiedeten sich auch

101

die drei Damen. Makki hielt Charly zurück, der erst jetzt bemerkte, dass sich keiner der japanischen Männer erhob. Er nickte kurz und betrachtete die hinausschlurfenden Frauen.

Der dicke Watanabe lachte immer öfter. Nicht nur dieser, auch Makki und sogar dessen Boss. Sie machten einander Komplimente. Die Japaner sprachen in den höchsten Tönen von der klassischen Musik, schwärmten von Mozart und Beethoven. Als begeisterte Schifahrer lobte Herr Tanaka die österreichischen Athleten. Charly im Gegenzug erzählte von japanischen Produkten sowie deren große Kundenzufriedenheit in Europa.

Es herrschte eine gelöste, lockere Stimmung und die Japaner sassen entspannt am Boden. Charly, der im Halb-Schneidersitz hockte und seine Füße abwechselnd streckte, beobachtete Herrn Tanaka. Dieser rüstige Senior schritt jetzt zur Toilette.

Makki sprang auf, schlich an der Klotüre vorbei und holte drei Bierflaschen aus dem Kühlschrank, die er rasch verteilte. Da erschien Herr Tanaka. Sie sprachen fröhlich über Samurai und Ritter, über den Film «Die sieben Samurai» sowie den nachgespielten Western «Die glorreichen sieben», der auf den Samuraifilm basiert.

Jetzt entschuldigte sich der dicke Herr Watanabe. Es dauerte bis er zurückkam. Unbeholfen setzte er sich neben dem Sofa zu Boden. Er atmete schwer. Langsam griff er zur Bierflasche, dabei warf er eine der leeren Flaschen um. Er gab Laute von sich, die der Europäer nicht deuten konnte. Schließlich lehnte der Sumoringer den massigen Oberkörper gegen die Sitzgarnitur, aus dem geöffneten Mund prasselten stoßweise Wortfetzen, Speichel rann über seinen Mundwinkel. Zuletzt lachte er, Charly mit ihm.

Makki grinste zurückhaltend, übersetzte das Gesprochene aber nicht. Da erhob sich Herr Tanaka. Er sprach mit tiefer Stimme. Makki stand sofort auf. Herr Watanabe zog seinen massigen Körper mit Hilfe des Sofas hoch und lehnte an der Sitzgarnitur.

«Die Party ist zu Ende», sagte Makki zu seinem europäischen Gast. Charly, der jetzt ebenfalls stand und sein Bier in der Hand hielt, glotzte verdutzt zu seinem Gastgeber. Er wartete. »Die Party ist zu Ende», wiederholte Makki und fuhr fort: «Der ehrenwerte Herr Tanaka ist müde und möchte zu Bett gehen.»

«Ich wünsche dem ehrenwerten Herrn Tanaka eine gute Nacht», sagte Charly und verneigte sich. Gleich wollte er wieder auf dem Boden Platz nehmen. Makki starrte ihn an.

«Herr Tanaka möchte zu Bett gehen», sagte Makki mit Nachdruck.

«Ja, er muss nicht auf uns warten. Er kann ruhig schlafen gehen.»

«Das hier ist das Zimmer unseres ehrenwerten Herrn Tanaka.»

Der Radiosportkommentator

In der Hauptstadt einer russischen Teilrepublik erhielt ein westeuropäischer Rundfunkmitarbeiter im Fußballstadion die Nachricht, dass das Kamerateam seines Heimatlandes definitiv nicht mehr eintreffen werde. Außerdem erfuhr er, dass es keine Fernseh-Live-Übertragung nach Westeuropa geben wird. Darauf wies man ihm für die Radioübertragung einen Kojenplatz zu. Verärgert folgte er der Frau, die ihn zu den Kommentatorplätzen brachte. Er bedankte sich mit einem gezwungenen Lächeln. Die Frau erwiderte nicht.

Er verließ die Koje, um zur Toilette zu gehen. Auf dem weg dorthin bog er falsch ab, bemerkte seinen Fehler und drehte um. Im Gang verstellten ihm zwei Männer in Anzügen den Weg. Sie umarmten einander, küssten brüderlich die Wangen. Er wartete. Endlich verschwanden sie in einem Seitengang. Da sah er am Boden einen Kartonstreifen, hob diesen auf und bemerkte das UEFA-Emblem. Er marschierte den Männern hinterher, die jetzt einen Raum betraten. Er rief, doch sie reagierten nicht.

Vor dem Eingang stand ein Hüne. Er trug ebenfalls einen Anzug. Der Rundfunkmitarbeiter hielt den Pappdeckel in der Hand, er deutete auf die Herren. Der Koloss bellte etwas in russischer Sprache. Da er ihn nicht verstand, zeigte er den Karton. Da nahm der Türsteher die UEFA-Akkreditierung, steckte diese an die Jacke des Kommentators, verbeugte sich und gab den Weg frei.

«Spassiva», sagte der Ausländer. Zögernd betrat er den Raum.

* * *

Unweit der ungarisch-österreichischen Grenze sassen mehrere Familien im freien und genossen den lauen Vorsommer Abend. Sie kamen vom Bergbau- oder Stahlkombinat und verbrachten hier fast jedes Jahr ihren Urlaub. Sie grillten gemeinsam, lagen gemütlich in den bequemen Liegestühlen und unterhielten sich.

104

«Gert, wie spät ist es?», fragte einer der gutgelaunten Männer.

«Detlef, in genau dreißig Minuten beginnt das Spiel.»

«Ich gehe schon mal in den Gemeinschaftsraum.»

Die restlichen Männer packten ihre Sachen und folgten Detlef.

«Gert!», rief eine Frau und nachdem dieser zu ihr aufsah, sagte sie: «Trink nicht zuviel!»

«Nee, Schatz. Du kennst mich ja.»

«Eben darum.»

Nur Jürgen kam nicht mit, dieser schlich auf sein Zimmer.

Im Gemeinschaftsraum sassen sie vor dem Fernseher. Detlef schaltete den winzigen Apparat ein. Es lief die Nachrichtensendung. Keiner der Anwesenden verstand, was gesprochen wurde.

«Jetzt müssen wir uns bei dem Spiel wohl den Sprecher mit seinem ungarischen Kauderwelsch anhören», sagte einer. Detlef drehte an den Knöpfen, da hörten sie ein von Tonstörungen überlagertes Programm, in deutschen Sprache, jedoch ohne Bild. Stattdessen lief ein Fischgrätmuster über den Schirm. Gert stand auf. Er überlegte, schließlich sagte er: «Moment mal. Wir sind doch nicht weit von der österreichischen Grenze entfernt ...»

Er verließ das Zimmer. Mit einer Drahtrolle in seiner Hand kam er zurück. Er befestigte das eine Ende an der Fernsehantenne, mit dem Zweiten bildete er mehrere Schleifen, die er in das gekippte Fenster klemmte. Jetzt sahen sie ein unscharfes Bild. Gert bog und drehte an der provisorischen Antenne, bis ein brauchbares Bild am Schirm entstand. Die Männer applaudierten, sie jubelten und ließen ihn hochleben. Gert genoss es, in diesem Augenblick der Held des Bauern und Agrarstaates zu sein.

* * *

Der Rundfunkmitarbeiter stand im Saal, er Schaute umher. Da kam eine junge Dame in Landestracht und begleitete ihn zum Buffet. Dort reichte sie ihm einen Teller. Jetzt schritt er los. Er war hungrig, denn im Hotel hatte er wenig zu essen bekommen, außerdem schmeckte es dort nicht. Er griff zu. Von überall etwas. Da kam eine zweite Dame, die ebenfalls Tracht trug. Sie zeigte auf die Blini, die typische Landeskost, zusätzlich auf die Wareniki, gefüllt mit fünf verschiedenen Füllungen, davon zählte er Fünf Stapel. Sie legte ihm Blini und Oladj, überdies noch Kaviar auf den Teller, dazu reichte sie noch einen mit jeweils zwei Wareniki von jedem Stapel. Er stellte seine Teller auf einen freien Stehtisch. Rasch holte er ein Glas Sekt. Als er zurückkam, platzierte die Servierkraft Borschtsch dazu geschnittenes Weißbrot auf dem Tisch.

Er langte zu. Bald befand sich nur noch eines der Blini auf seinem Teller. Durstig holte er noch ein Glas Sekt. Am Weg zurück, sah er die Frau mit den Blini, die noch einige auf seinen Teller legte. Er sah auf die Uhr. Noch zehn Minuten bis zum Anpfiff. Er leerte sein Glas, verschluckte einen Teil der Blini, den Rest wickelte er in Servietten und steckte diese in seine Jackentasche. Beim Hinausgehen schnappte er noch zwei Flaschen Bier.

Am Ausgang grüßte ihn der Türsteher. Der Rundfunkmitarbeiter gab ihm von dem eingewickelten Essen, dazu reichte er eine Flasche Bier, welches der Mann verweigerte. Die Blini legte er auf ein Podest.

Der Radiokommentator suchte noch die Toilette auf. Letztendlich traf er knapp vor Spielbeginn in der Reporterkoje ein, platzierte das Essen auf den kleinen Tisch und stellte die Flaschen unter diesem, neben seiner Reisetasche ab.

* * *

Im Kombinatsferienlager kippte die Stimmung. Klar sahen die Männer das eingeblendete Banner am Fernsehschirm: Aus technischen Gründen entfällt die Fußballübertragung. Das war alles, was darauf geschrieben stand. Die Männer fluchten. Gert glaubte es nicht. Er starrte fassungslos auf den Schirm. «Das ist politisch», sagte er überzeugt. Die Fluchenden um ihn herum überhörten es.

Detlef drückte den Knopf am Apparat und wechselte zum ungarischen Sender.

Jürgen, der allein in seinem Zimmer weilte, hantierte am Radio, drehte die Lautstärke zurück und verstellte den Sender. Er legte sich auf das Bett. Der Rundfunksender begann mit der deutschsprachigen Fußballübertragung.

* * *

Der Kommentator verriegelte seine Koje. Er schaltete das Mikrofon ein. Jetzt begann er mit der Liveübertragung.

«Einen schönen guten Abend meine Damen und Herren. In Kürze wird das Spiel beginnen. Hier hat es jetzt um die sechzehn Grad Celsius. Das Stadion liegt mitten in dieser großen Stadt.»

Die beiden Mannschaften am Spielfeld begrüßten einander. Der Schiedsrichter loste mit den Mannschaftsführern den Anstoß und die Platzwahl aus.

«Kulturell wird hier einiges geboten.»

Die Kapitäne tauschten die Wimpel. Sie schüttelten die Hände des Gegners sowie des westeuropäischen Schiedsrichterteams. Schon standen alle am Spielfeld und warteten auf den Anpfiff.

«Vom Ballett übers Theater bis natürlich die vielen Museen.»

Der Anstoß erfolgte. Das Heimteam, angefeuert von über Neunzigtausend Zuschauer spielte nach vor. Ein steiler Pass ...

«Die Landesspezialität ist der Borschtsch. Die berühmte rote Rübensuppe.»

Der Flügelstürmer überspielte den Außenverteidiger. Er sprintete Richtung Tor.

«Am besten ist man dazu einen Knoblauch-Öl-Dip und natürlich frisches Weißbrot.»

Aus schrägem Winkel zog er ab. Der Ball knallte an die Stange. Ein Aufschrei aus zigtausend Kehlen hallte durch das Stadion.

«Dann gibt es noch die Blini. Diese dünnen Pfannkuchen.»

Sofort leiteten die Gäste den Konter ein. Mit einem Pass überbrückten sie das Mittelfeld und der rechte Flügel knackte die Abwehrkette. Die scharfe Flanke drehte der Torhüter übers Tor.

«Die kleineren dicken Pfannkuchen heißen Oladji. Am besten schmecken sie mit Kaviar. Jetzt aber zum Spiel. Das Nationalstadion fasst fünfundneunzigtausend Zuseher, es wurde im Jahr neunzehnhundertdreiundzwanzig erbaut. Umgebaut vor zwei Jahren.»

Den angeschnittenen Eckball konnte ein Verteidiger ins Out befördern. Wieder Corner.

«Die Aufstellung birgt keine Überraschung.»

Er zog den Zettel unter dem abgestellten Essen hervor.

«Bei der Heimmanschaft ist Vladimir Oleksyn als Ersatzspieler aufgeboten. Das kann wohl nur symbolisch sein. Der Mann ist längst über seinem Zenit. Eine reine Vorgabe.»

Den nächsten Eckstoß faustete der Tormann ins Out. Das Heimteam fing den Einwurf ab, mit nur einmal berühren, stürmten sie vor. An der Strafraumgrenze täuschte der Stürmer einen Schuss an, hob darauf den Ball über den fliegenden Torhüter sowie das Gehäuse.

«So der erste Schuss. Über das Tor. Es wird taktiert. Das ist typisch für so ein Spiel.»

Im Gegenzug sofort wieder ein Angriff der Gäste. Nach einer steilen Vorlage düpierte der Rechtsaußen den letzten Mann, sein satter Schuss ging ans Außennetz.

«Der nächste harmlose Versuch. Meine Damen und Herren, wenn sie erst jetzt zugeschaltet haben, es sei ihnen versichert, dass sie nichts verpasst haben. Die Heimelf muss aus dem ersten Spiel, ein null zu zwei aufholen.»

Der Kommentator öffnete eine Flasche, nahm einen Schluck und wickelte die Blini aus der Serviette.

Abstoß der Gastgeber. Wieder wurde das Leder über die rechte Seite gespielt. Ein Zweikampf an der Strafraumgrenze führte zum nächsten Eckball. Kurz abgespielt, landete die Flanke am Elferpunkt. Der Mittelstürmer köpfte aufs Tor. Mit den Fingerspitzen beförderte der Tormann den Ball aus der Kreuzecke. Der nächste Corner. Diesmal wurde das Leder weit hineingeschlagen. Der aufgerückte Innenverteidiger köpfte den Ball knapp neben das Tor.

«Ein Eckball, der nichts eingebracht hat. Man merkt, dass viel auf dem Spiel steht. Keine der beiden Mannschaften riskiert etwas in der Anfangsphase.»

Die Gäste kamen mit Doppelpässen aus der eigenen Hälfte über die Mittellinie. Es folgte ein Steilpass auf den linken Flügel, der überspielte einen Gegner. Vor der Cornerfahne spitzelte er den Ball zur Strafraumgrenze zurück. Der aufgerückte Mittelfeldspieler übernahm Volley. Der Ball streifte über das Kreuzeck.

«Die Gäste versuchen es mit einem Direktschuss. Da muss das Visier doch besser eingestellt werden.»

Der weit abgeschlagene Abstoß landete nach einmal aufspringen vor dem gegnerischen Strafraum. Der Stürmer stoppte den Ball mit der Brust, passte quer zu seinem Mitspieler und dieser schoß sofort aufs Tor. Der Ball verfehlte die Torstange um Zentimeter.

«Die Hausherren passen sich den Gästen an.»

Er trank vom Bier. Die leere Flasche legte er auf den Boden.

Der Gäste Torhüter rutschte beim Abschlag aus. Der Ball landete am Fuß des gegnerischen Kapitäns, der überspielte einen Verteidiger, der ihn faulte.

Der Reporter griff nach der zweiten Bierflasche. Mit dem Zeigefinger im Bügel zog er an der Abziehlasche. Das Verbindungsstück zwischen Bügel und Lasche brach.

Der Freistoßschütze lief an und zirkelte den Ball über die Mauer. Mit einem Riesensatz parierte der Tormann den Ball noch vor der Linie, den Nachschuss fälschte ein Verteidiger ab.

Der Sportkommentator hantierte immer noch am Verschluss. Den angeschnittenen Eckball der Hausherren faustete der Torhüter über das Tor. Der nächste kurz abgespielte Eckstoß erzeugte Verwirrung im Strafraum. Mit letztem Einsatz beförderte der Libero den Ball ins out. Wieder ein Corner. Diesmal kam die Flanke hoch in den Strafraum. Der Tormann, eingekreist von mehreren Spielern, verfehlte diese. Ein Verteidiger köpfte das Leder ins Aus. Abermals Eckball für das Heimteam.

Da biss der Reporter mit seinen Zähnen an der Krone herum.

Ein aufrückender Mittelfeldspieler übernahm die langgezogene Flanke volley. Der aufspringende Ball streifte die Torstange.

* * *

Im Fernsehraum zitterten sie mit ihrer Mannschaft. Bis auf die englischen Ausdrücke «Foul, Corner und out» verstanden die Männer den ungarischen Reporter nicht. Da war der Ton der Liveübertragung unterbrochen. Sie starrten auf den Bildschirm.

* * *

Im Stadion, in der Reporterkoje des ungarischen Kommentators, stand jetzt ein Mann. Er übergab dem Sprecher einen Zettel. Dieser wurde aufgefordert keine englischen Ausdrücke zu verwenden. Anstatt Corner sollte er Eckball und statt Foul, Regelverstoß oder Unsportlichkeit sagen. Jetzt verstanden die Urlaubsgäste, mit viel Kreativität, nur noch die ungarisch ausgesprochenen Spielernamen. Der Ton lief wieder.

* * *

Derweil glückte dem Radiosportkommentator das Öffnen der Bierflasche mit seinen Zähnen.

«Diese Eckbälle sind harmlos. Leider entwickelt sich das Spiel nicht. Zwei osteuropäische Mannschaften, da fehlt der Biss.»

Die Gäste versuchten jetzt den Spielaufbau mit Kurzpassspiel. So kamen sie bis zum Strafraum. Der Libero der Heimmannschaft fing den Querpass ab, schlug im Gegenzug einen steilen Pass in die gegnerische Hälfte. Der Stürmer überspielte mit einem kurzen Haken den letzten Mann, legte den Ball vor und lief aufs Tor. Der Torhüter grätschte ihm entgegen und kickte den Ball aus dem Spielfeld.

Der Kommentator gönnte sich den ersten Schluck der zweiten Flasche. Den Kopf drehte er zur Kojentür, mit der Handfläche verdeckte er das Mikrofon. Jetzt rülpste er kontrolliert.

Der Einwurf wurde rasch ausgeführt. Ein quer gespielter Ball verlagerte den Angriff auf den Flügel. Der Spieler dort brachte den Ball zur Mitte, der ins Zentrum laufende Kapitän spielte den Ball zurück. Vom Mittelfeld kam dieser halbhoch zum Stürmer, der ihn von der Brust abtropfen ließ und mit einer Drehung aufs Tor schoß. Knapp neben der Torstange klatschte das Leder gegen das dahinter aufgestellte Werbebanner.

«Wieder eine harmlose Aktion. Dem Spiel fehlt es an Tempo und Laufbereitschaft.»

Die Gäste versuchten, den Ball mit Querpässen in den eigenen Reihen zu halten. Immer wieder spielten sie auch zum Tormann. Das Publikum goutierte dies mit Pfiffen.

Der Radiosprecher sah auf die Spieluhr. Noch achtzehn Minuten. Er griff nach der Flasche und ermittelte den Flüssigkeitsstand. Diesen teilte er durch drei. Sogleich ritzte er mit seinem Daumennagel die Markierungen in die Buchstaben des Flaschenetiketts. Mit Daumen und Zeigefinger überprüfte er die Gleichmäßigkeit der Abstände. Sie waren ident.

Wiederum spielte ein Verteidiger den Ball zum Torwart zurück, ein gellendes Pfeifkonzert begleitete dessen Ballberührung, er verzögerte den Ausschuss und sein Abspiel sprang ohne Berührung ins Aus. Angriff des Heimteams. Nach einem Foulspiel zeigte der Unparteiische dem Kapitän der Gäste die gelbe Karte.

«Der Referee bringt Farbe ins Spiel. Gelbe Karte für Maeßig.»

Der Kommentator sah zur Stadionuhr. Noch fünfzehn Minuten.

Er schluckte ein Mal. Der Flüssigkeitsstand übereinstimmte mit der Skala.

Die Heimelf bereitete mit quer gespielten Pässen den Spielaufbau vor. Es folgte eine Einzelaktion aus dem zentralen Mittelfeld, der Spielmacher überspielte zwei Gegner, schickte den Rechtsaußen. Dieser schob den Ball durch die Beine des Verteidigers, folgte dem Leder, das entlang der Linie rollte, sah auf und flankte in den Strafraum. Der Mittelstürmer köpfte die scharfe Reingabe aufs kurze Eck. Der Torwart streckte sich und mit den Fingerspitzen wehrte er den Ball über die Querlatte.

«Endlich eine Torchance. Aber das ist alles zu durchsichtig. Gegen diese Abwehr tut sich die Heimmannschaft schwer. Sie findet kein Mittel, die jetzt gefestigte Hintermannschaft auszuspielen.»

Den gezirkelten Eckstoß faustete der Torhüter aus dem Strafraum. Der Kapitän verlängerte zu einem Mitspieler. Dieser überlief seinen Gegner, mit einem Steilpass riss er die Abwehr auf. Der nach vor stürmende Linksaußen zog aufs Tor, überspielte den herauseilenden Tormann und schloss aus spitzen Winkel ab. Der Ball klatschte ins Netz. Vom getroffenen Außennetz rollte dieser zur Bande.

«Eine gefällige Aktion. Aber die Spielzüge sind auf Zufall aufgebaut. Es fehlt an Spritzigkeit.»

Er sah auf die Uhr, Zeit für die nächste Einheit. Er verschätzte sich, das restliche Bier lag weit unter der Stricheinteilung.

Der Kapitän der Gastgeber leitete mit einem steilen Pass den nächsten Angriff ein. Der rechte Flügel überspielte seinen Gegner mit einem kurzen Haken, legte den Ball vor und zog aus vollem Lauf ab. Der Ball landete in den Zuschauerreihen.

«Angriff über Schewtschenko. Der bedient Baranow. Baranow legt vor. Und schießt übers Tor. Viel zu hastig.»

Ein Freistoß nach einem übermotivierten Kopfballduell für das

Auswärtsteam. Den abgespielten Ball flankte der Spielmacher in den Strafraum. Der Vorstopper streifte den Kopfball. Das Leder landete beim gegnerischen Angreifer, dessen flacher Pass wurde abgefangen und leitete den Konter der Heimelf ein.

«Jetzt sind beide Teams endlich aufgewacht. Es fehlt diesem Spiel an Tempo und Ideen.»

Mit einem Heber über die Abwehr düpierte der Kapitän die Gäste. Der Stürmer startete aus der eigenen Hälfte. Der Linienrichter, keine zehn Meter vom Geschehen entfernt, wartete auf die Entscheidung des Referees. Dieser Griff zu seiner Pfeife, in dem Moment hob der Mann an der Linie die Fahne. Unmutsäußerungen am und außerhalb des Spielfeldes folgten. Der Linienrichter, umgeben von erbosten Spielern, streckte seine Brust nach vor. Die Flagge hielt er noch immer hoch, mit gestreckten Zeige- und Mittelfinger zeigte er auf seine Augen.

«Da merkt man den Frust des Heimteams. Am Schiedsrichter liegt es nicht.»

Beinahe übersah er die Zeit. Ein letzter Schluck vor der Pause. Der Schiedsrichter verwarnte den Protestierenden.

«Kusmyn sieht jetzt die Gelbe Karte wegen Unsportlichkeit.»

Zweiundvierzig Minuten waren bereits gespielt. Der Kommentator saugte an der leeren Flasche. Sogleich verließ er die Koje und schlich in den VIP-Bereich. Die UEFA-Akkreditierung heftete er an seine Jacke.

Die Gäste führten den Freistoß aus. Ein kurzes Abspiel folgte ein Steilpass. Ein Stürmer sprintete den Ball hinterher und flankte von der Seitenlinie, der mitaufrückende Kapitän übernahm volley. Der Ball knallte an die Querlatte. Ein Lattenpendler. Der Tormann sowie ein Angreifer jagten zum Ball. Sie stießen zusammen. Ein Pfiff.

* * *

In der Kombinatsferienanlage sprangen die Anwesenden von

den Sitzen. «Elfmeter!», schrien sie. Männer umarmten einander. «Das Jürgen nicht hier ist!», rief Detlef seinen Kollegen zu.

Gespannt sahen sie auf den Unparteiischen. In dem Moment meinte Gert: «Vielleicht muss Jürgen einen Bericht schreiben.»

Fünf Augenpaare starrten ihn an.

Gert und seiner Familie war der nächste Urlaub, erst nach der Wiedervereinigung, ein Jahrzehnt später vergönnt.

Da sahen und hörten sie die Schiedsrichterentscheidung. Den Pausenpfiff.

* * *

Beim Eintreten in den Saal nickte der Akkreditierte zum Türsteher und steuerte geradewegs auf die Wareniki zu. Eine der Damen in Landestracht verstellte den Weg. Vom Tablett, das sie in der Hand hielt, reichte sie ihm ein Glas Wodka. Er nahm es. Schon wollte er damit weggehen, da deutete sie unmissverständlich. So leerte er das Glas. Der Radiokommentator schnappte einen Teller und schlichtete die gestopften Teigtaschen darauf. Von den Pampuschky, diesen mit Marmelade gefüllten Krapfen, legte er zwei oben auf. Mit der Pyramide von Köstlichkeiten bewegte er sich zum Stehtisch. Anschließend suchte er noch den Sektstand auf, trank dort ein Glas Krimsekt und kehrte mit zwei Sektflöten zurück. Er begann zu essen, schon stürmte eine Horde den Saal. Genüsslich verzehrte er die Teigtaschen, dabei beobachtete er die Meute am Buffet. Bald lagen nur noch die zwei Pampuschky auf seinem Teller.

In einem günstigen Augenblick schlenderte er zu den Tischen, lud Teigtaschen auf und griff beim Vorübergehen nach einem Krapfen. Zwei beleibte Damen blockierten den Weg zum Tisch, so schlug er einen Umweg über den Sektstand ein. Von den aufgereihten schlanken Sektflöten verführt, leerte er rasch ein Glas fruchtigen Schampanskoje. Am Weg zurück stoppte ihn die in Landestracht gekleidete Dame abermals. Erst nachdem er einen weiteren Kartoffelschnaps konsumierte, ließ sie ihn fortziehen. Den Stehtisch okkupierten jetzt die zwei dicken Frauen. Seine volle Sektflöte weilte darauf. Er wagte es und griff zum Glas, unbemerkt von den Damen, die konzentriert auf ihre Teller starrten. Der Kommentator stand daneben und ass seine Wareniki. Er sah auf die Uhr. Noch eine Minute bis zum Beginn der zweiten Hälfte. In der Ecke zwischen Eingang und Stehtisch bemerkte er einen Korb. Er inspizierte diesen. Der Akkreditierte stellte den Teller zu Boden, fischte den Müllsack aus dem geflochtenen Korb und leerte den Inhalt in das Weidengeflecht. Zum Schluss stülpte er das Plastik über. In dem umfunktionierten Sack verstaute er die restlichen Teigtaschen sowie die zwei Krapfen.

Der Schiedsrichter pfiff die zweite Hälfte an. Die Gäste verloren nach dem Anstoß den Ball. Sofort erfolgte ein Angriff der Hausherren, wobei diese Aktion mit einem Abstoß endete.

Den leeren Teller legte der Sportreporter in den Korb. Er verschloss die Plastiktüte und verdeckte mit seiner Jacke diesen Proviantsack. Beim Hinausgehen stoppte er am Getränketisch, um zwei Flaschen Bier in die Jackentaschen zu stecken. Dazu fasste er noch ein Päckchen Knabbergebäck, das er draußen zusammen mit einem Krapfen dem Türsteher reichte.

Vor den Toiletten warteten eine Handvoll Männer, so schritt er gleich zu den Kommentatorplätzen. In der Kabine legte er seine Schätze auf den Tisch. Behutsam griff er in die Jackentaschen und stellte die zwei Flaschen am Boden ab. Lächelnd nahm er Platz.

Freistoß für die Heimelf. Der Schütze hob den Ball über die zwei Mann Mauer, die vorstürmenden Spieler verfehlten den Ball. Ein Verteidiger fälschte diesen ins Aus. Eckball von links. Der aufgerückte Mittelfeldspieler sprang am höchsten, seinen scharfen Kopfball parierte der Tormann. Nächster Eckstoß.

«Jetzt wird endlich einmal Fußball gespielt. Die Heim Mannschaft versucht es gegen dieses Bollwerk mit der Brechstange.»

Ein Abwehrspieler köpfte das Leder aus der kurzen Ecke. Nach einem Pressball erkämpfte der offensive Mittelfeldspieler der Gäste den Ball und überspielte den Libero. Seinen satten Schuss, der vor dem Torwart aufsprang, konnte dieser nur noch wegschlagen. Corner für das Auswärtsteam.

«Ein Aufsitzer von Maeßig. Die erste richtig gute Aktion der Gäste. Und das nach fast einer Stunde.»

Der Kommentator schreckte hoch, starrte zur Stadionuhr. Sofort öffnete er ein Bier, dazu knabberte von den Teigtaschen.

Ein kurz abgespielter Eckstoß. Der Ball kam zum Schützen zurück, von der Cornerfahne flankte er in die Mitte. Ein Dreierduell. Mittelstürmer, Abwehrchef und Tormann, dass der Keeper für sich entschied. Der nächste Corner. Diesmal eine scharfe Flanke zur Strafraumlinie. Mit einem wuchtigen Kopfstoß befreite der Mittelfeldspieler und leitete den Gegenangriff ein.

«Die Gäste versuchen es über Standardsituationen so wie im Hinspiel. Jetzt aber ein Konter.»

Er leerte die Flasche, welche er sogleich unter dem Tisch stellte.

«Ein guter Pass entlang der Outlinie. Kusmyn erläuft den Ball. Drei gegen Zwei. Was macht er? Er spielt in die Mitte. Schewtschenko steigt über das Leder. Baranow dahinter. Der zieht mit dem Ball Richtung Tor. Baranow überspielt Schulte, schießt aus spitzen Winkel. Und ...Tor! Der Ball ist hinter der Linie.»

«Goooooooooooooooooooooooooooal!», dröhnte es.

Die Stimme des spanischen Radioreporters, eine Koje weiter, überschlug sich. Die Zuseher tobten. Spieler umarmten einander.

* * *

Im Gemeinschaftsraum des Ferienlagers haderten die Männer vor dem Bildschirm. Jürgen im Nebenzimmer schlief bereits.

* * *

«Meine Damen und Herren es steht eins zu null. Torschütze die Nummer elf Igor Baranow. In der einundsiebzigsten Minute.»

Er langte zur letzten Flasche, öffnete diese und kühlte mit dem ersten Schluck seine Kehle. Gierig fasste er nach den Wareniki.

«Die jubeln, als wär's der Finaleinzug. Ja, es steht eins zu null. Aber man muss die Kirche schon im Dorf lassen. Das Tor ist durch einen Konter gefallen und nicht aus einer Spielüberlegenheit des Heimteams.»

Der Anstoß der Gäste wurde abgefangen. Ein rascher Angriff über drei Stationen. Die angeschnittene Hereingabe übernahm der offensive Mittelfeldspieler volley, der Ball ging einen Meter über das Tor.

«Angriff der Gäste. Ärger verliert den Ball. Schewtschenko, Doppelpass mit Kowalenko. Der zu Baranow, der zieht gleich volley ab. Über das Tor. Der Bursche hat Selbstvertrauen.»

Er griff nach seiner letzten Teigtasche, die er von allen Seiten betrachtete. Schmatzend verspeiste er diese.

Das Auswärtsteam, vom Trainer instruiert, änderte die Taktik. Die Mannschaft begann zu mauern. Das Heimteam mit dem zwölften Mann ihm Rücken, lief gegen diese Mauer an. Beide Trainer gestikulierten heftig.

Der Radiokommentator leerte die zweite Flasche.

«Für die Heimelf wird es schwer durch diese Menschenmauer durch zu kommen. Norbert Baumeister hat die Abwehr solide eingestellt. Es bleiben der Heimmannschaft noch siebzehn Minuten, um Gesamt gleichzuziehen.»

Er holte einen Krapfen aus dem Säckchen. Leidenschaftlich biss er in die mit Puderzucker bestreute Süßspeise.

Der nächste Angriff der Gastgeber, die mit Kurzpassspiel bis zum Strafraum gelangten. Der Abwehrchef befreite, die Gäste spielten steil nach vor.

«Wieder über Schewtschenko. Ball kommt zu Kowalenko, der schlägt einen Haken. Kowalenko passt flach in den Strafraum. Abgewehrt. Maeßig führt das Leder. Zu Ärger. Ärger schickt nun den pfeilschnellen Habisch. Der bleibt mit dem Ball hängen.»

Jetzt nahm er den zweiten Krapfen, schnupperte daran, drehte ihn bedächtig um die Achse und biss kräftig in diesen. Der Rundfunkmann erwischte die Stelle mit der Marmeladenfüllung. Beglückt drückte er den Pampuschky gegen seinen Mund.

Bald verspürte er den Drang, die Toilette aufzusuchen. Er nahm eine der leeren Bierflaschen und begutachtete den Flaschenhals.

«Ich hätt eine Krimsektflasche mitnehmen sollen», seufzte er.

Schließlich suchte er die nicht beleuchtete WC-Anlage auf, in der er, dank der geöffneten Zugangstür mit Mühe die Pissrinne fand.

Handspiel der Gäste. Der Reporter hörte den Unmut der Zuschauer. Er schlenderte ohne Hast zurück. Am Spielfeldrand wärmten jetzt zwei Wechselspieler auf.

«Die Gastgeber werden ein letztes Mal wechseln. Oleksyn und Smerch wärmen auf. Oleksyn ist längst über den Zenit. Er darf wohl das letzte Mal in einem internationalen Spiel entlang der Outlinie laufen, um diese Atmosphäre und den Applaus des Publikums aufzusaugen. Der Mann wirkt untrainiert und übergewichtig. Neben ihm der pfeilschnelle Smerch.»

Ein Ballverlust ermöglichte den Gästen einen Konter. Der Stürmer schoß den Ball am Tor vorbei.

«Smerch, der spritzige, athletische Wirbelwind mit einer einhundert Meter Fabel-Bestzeit von zehn: zweiundzwanzig.»

Die Heim Mannschanschaft startete den nächsten Angriff. Durch diese Mauer gab es kein Durchkommen.

«Oleksyn und Smerch laufen unter dem Applaus der Zuschauer zur Ersatzbank. Der Trainer spricht jetzt mit beiden. Smerch geht zur Bank, das gibt's nicht. Trainer Akunyn schickt diesen Rohdiamanten zurück. Das Denkmal Vladimir Oleksyn steht an der Seitenoutlinie. Diese Entscheidung ist nicht nachvollziehbar. Einundachtzigste Spielminute. Petrenko aus dem Spiel. Oleksyn gibt jetzt seinen Mitspieler neue Anweisungen. Ich verstehe es nicht.»

118

Die Gäste warfen ein. Der Werfer nahm einen langen Anlauf.

«Ragitz wirft ein. Ein weiter Outeinwurf, Maeßig bekommt den Ball. Ein steiler Pass zu Linke, Linke im Zweikampf mit Kusnezow. Corner.»

Der Eckball wurde abgewehrt. Geplänkel im Mittelfeld und die Zeit verstrich. Das Spiel verlor an Tempo.

«Vladimir Oleksyn ist ein Fremdkörper in dieser Mannschaft. Der Mann hat einen Trainingsrückstand, zu schlaksig, keine Spur von Fitness. So, endlich wieder ein Angriff des Heimteams. Kusnezow, Seitenverlagerung. Schewtschenko zu Baranow, der spielt zu Oleksyn. Fersler von Oleksyn. Kusmyn bekommt den Ball und wird gefault. Freistoß. Schnell abgespielt von Oleksyn, der schickt Kowalenko entlang der Outlinie. Kowalenko flankt in den Sechzehner. Baumeister klärt per Kopf.»

Die Abwehr der Gäste stand organisiert und hielt den Ball in ihren Reihen. Es ging nur noch fünf Minuten in der regulären Spielzeit.

«Wieder ein Rückpass zum Tormann. Die spielen auf Zeit. Maeßig zu Ärger, dieser wieder zurück. Die Zuschauer pfeifen sie aus. Maeßig passt zu Baumeister, der schickt Ragitz. Kusnetzow grätscht Hinnein, Ball kommt zu Schewtschenko. Jetzt muss es schnell gehen. Baranow steht ganz allein. Schewtschenko zu Oleksyn, Stanglpass. Dejkun erwischt den Ball, zieht in die Mitte. Faul! Dejkun wird vor dem Strafraum gelegt. Gelbe Karte für Baumeister.»

Eine passable Freistoßdistanz. Keine zwanzig Meter vom Tor entfernt. Zwei Angreifer standen vor dem Ball.

«Kusnezow, der Mann mit dem Hammer. Oleksyn und Kusnezow laufen an. Oleksyn schießt, über die Mauer ... Tor!»

Sofort hielt er sich die Ohren zu und kommentierte ins Mikrofon. «Schulte, zum zweiten Mal geschlagen. Der Ball ist im Netz. Zwei zu null durch Vladimir Oleksyn in der siebenundachtzigsten

Spielminute. Der hat den Ball über die Mauer geschupft. Die gut Neunzigtausend sind aus dem Häuschen.»

* * *

In der Kombinatsferienanlage brüllten die Männer ihren Schmerz hinaus, die Schreie weckten Jürgen.

* * *

«Anstoß der geschockten Gäste. Die Mauer hat Risse bekommen. Sie spielen den Ball zurück. Maeßig, was macht der? Der fischt den Ball. Die sind jetzt komplett von der Rolle.»

Nur Sekunden vor dem Pfiff des Schiedsrichters verließ er die Koje. Er joggte zum VIP-Saal. Beim Eingang stand ein Fremder. Der Kommentator zeigte auf die Akkreditierung. Der Sicherheitsmann sagte etwas und wischte sich über seine Oberlippe.

Im Saal wich er der Servierkraft aus. Die Wareniki schaufelte er auf seinem Teller. Gleich schritt er zum Sektstand, leerte dort ein Glas. Schon sah er die Dame im Trachtengewand, da drehte er rasch um. Jetzt hielt er vor der Zweiten, diese hatte ein Servierbrett umgehängt. Sie reichte einen der Schnäpse, die aufgereiht am Tablett standen. Er griff nach einem Glas und leerte es. Sie ließ ihn nicht vorbeigehen. Mit der einen Hand streckte sie zwei Finger, mit der anderen zeigte sie eine null. Er vernichtete den Zweiten. Sie lächelte. Mit dem Zeigefinger wischte sie über ihren Mund, ihre Zunge kreiste über die rote Oberlippe, dies wiederholte sie. Sein Mund folgte der Einladung. Geschwind verdrehte sie ihren Kopf.

Am Getränketisch angelangt steckte er zwei Flaschen Bier in seine Jacke. Kurz hielt er inne. Da schnappte er noch eine, dazu zwei Päckchen Knabbergebäck, die er zu den Flaschen in den Jackentaschen stopfte. Beim Hinausgehen betrachteten ihn zwei am Saalausgang stehende Damen. Sie lächelten ihm kurz zu.

«Die Osteuropäerinnen stehen auf mich,» sagte er zufrieden. Mit seinem Körper versuchte er, den Teller zu verdecken. So stolzierte er zum Ausgang, wo jetzt auch der zweite Sicherheitsmann stand. Der Kommentator nickte ihm zu. Der Gegrüßte sagte etwas, deutete mit dem Finger zur Oberlippe, dabei lächelte er. Sogleich unterhielt er sich lachend mit seinem Kollegen.

Der Rundfunkmann schlenderte zur jetzt beleuchteten Toilettenanlage. Den Teller stellte er ab. Nachdem pinkeln schritt er zu den Waschtischen, wo sein Teller stand. Ein Mann lachte ihn an. Der Kommentator lächelte zurück und wusch seine Hände. Nun suchte er nach einem Handtuch, dabei schaute er flüchtig in den Spiegel. Er sah es. Auf der Oberlippe, dazu auch noch auf seiner Nase klebte der Puderzucker. Rasch reinigte er sein Gesicht. Die nassen Hände trocknete er an der Hose. So wankte er mit den Schätzen zu seinem Platz zurück, wobei er einmal falsch abbog.

Der Referee forderte die Betreuer auf das Spielfeld zu verlassen. Die Verlängerung begann mit dem Anstoß der Heimelf.

Der Kommentator stapelte seine mitgebrachten Sachen. Er stellte eine Flasche Bier, das Knabbergebäck und fünf Stück von den Wareniki auf die linke Tischseite, dasselbe auf die Rechte. Die überzählige Bierflasche hielt er in der Hand. Er lachte. Da sagte er: «Du bist für das Elfmeterschießen.»

Die Gäste setzten die Mauertaktik fort.

«Saizew versucht es über die linke Seite. Die stehen hinten dicht. Die Gäste wollen sich ins Elfmeterschießen retten.»

Ein Abspielfehler der Auswärtsmannschaft leitete einen Gegenangriff ein. Den in die Mitte gespielten Ball, schlenzte der Angreifer mit der Ferse zum Stürmer. Ein Verteidiger hielt diesen am Trikot fest.

«Fehlpass von Ärger. Schewtschenko spielt in die Mitte - Oleksyn. Der Ball ist beim Gegner. Oleksyn mit einem lauwarmen Fersler. Baranow deutet da, er sei am Leiberl gezogen worden.»

Der Kommentator verspeiste zwei gefüllte Teigtaschen. Behutsam öffnete er den Bierverschluss, führte die Flaschenöffnung in

Zeitlupentempo zu seinen Lippen und nuckelte genüsslich daran.

Die Gastmannschaft spielte den Ball zum Tormann. Dieser zurück zu den Verteidigern. Ein Abspielfehler, der Ball landete im Aus.

«Die Offensivabteilung der Auswärtsmannschaft hat heute freibekommen. Das Heimteam ist spielerisch aber nicht in der Lage diese Mauer einzureißen. Da hat sich die Kreativabteilung mit den Gästen solidarisiert.»

Ein rascher Angriff über die linke Seite, mit einem Doppelpass überbrückte die Heimelf das Mittelfeld. Der gegnerische Libero fing den letzten Pass ab, sein Befreiungsschlag landete beim Heimkapitän. Dieser leitete den Konter ein.

«Schewtschenko spielt nach links. Kowalenko, Doppelpass mit Oleksyn. Kowalenko zu Baranow, Baumeister ist schneller und klärt. Schewtschenko stoppt sich das Leder, spielt zu Oleksyn, der spaziert am Gegner vorbei. Rechts ist Baranow frei. Oleksyn steigt auf die Kugel. Ärger rutscht daneben. Oleksyn schupft das Leder in den Sechszehner. Kusmyn bedrängt von zwei Mann. Kusmyn und Tor! Tor! Was für ein Hammer.»

Schon dröhnte es von der Nebenkoje. Rasch steckte er seine Finger in die Ohren.

«Siebenundneunzigste Spielminute. Drei zu null. Torschütze Genardi Kusmyn. Die Mauer ist eingerissen.»

* * *

In der Ferienanlage ließen die Männer ihren Frust an den Einrichtungsgegenständen aus. Sie boxten und traten auf die Polstermöbel sowie den Tisch ein, dabei schrien und fluchten sie. Jürgen verließ sein Zimmer, öffnete die Tür und sah seine Kumpel. Die Gesichter der Männer sagten alles. Detlef reichte ihm eine Flasche. Jürgen setzte sich mit dem Bier zu ihnen. Aufmerksam folgte er Detlefs weinerliche Schilderung des Spielverlaufs.

* * *

Der Trainer der Gäste schrie und fuchtelte am Spielfeldrand. Sein Gegenüber bewegte seine geöffneten Handflächen mehrmals nach unten.

«Was für eine Ballannahme von Kusmyn. Beide Trainer stehen an der Seitenoutlinie und gestikulieren. Der Trainer der Gäste fuchtelt und schreit. Der steht kurz vor dem Herzinfarkt.»

Nach dem Anstoß spielte das Gastteam den Ball zurück. Mit kurzen Pässen kamen sie bis zur Mittellinie, dort blieben sie hängen. Der Ball wurde von beiden Teams hin und her gespielt.

Der Reporter verspeiste die nächsten Wareniki. Er trank vom Bier. Das Knabbergebäck ließ er unberührt, dafür schnappte er die Teigtaschen, die für die zweite Halbzeit bestimmt waren.

«Jetzt ist bei beiden Teams die Luft draußen. Abwarten und nichts Tun hilft aber nur der Heimmannschaft. Es scheint klar zu sein, wer ins Finale kommt. Ausrutscher von Ärger. Der Trainer der Gäste hat viel zu früh gewechselt. Die sind stehend k.o.. Oleksyn führt das Leder. Was macht er? Pass zu Dejkun. Dahinter steht Baranow frei. Dejkun zurück zu Oleksyn. Der schlenzt das Leder entlang der Outlinie. Baranow erwischt den Ball. Da kommt Ärger. Foul! Der senst den armen Baranow nieder.»

* * *

«Foul», rief der ungarische Reporter. Sofort deckte er mit seiner ganzen Handfläche das Mikrofon ab. Rasch schrie er das Wort Regelverstoß in seiner Muttersprache ins Mikrofon.

* * *

In der Ferienanlage spitzten die Männer für eine Sekunde ihre Ohren. Resigniert glotzten sie in den Apparat.

* * *

«Wieder stehen Oleksyn und Kusnezow vor dem Ball. Die Entfernung zum Tor ist gut fünfundzwanzig Meter. Schulte plärrt mit seinen Vorderleuten. Oleksyn läuft an, steigt über'n Ball. Kusnezow, und Schulte pariert. Was für ein Knaller. Eckball.

Oleksyn wird´n treten. Hohe Flanke in den Fünfer, der Ball wird lang. Schulte streckt sich. Mit´n Fingerspitzen dreht er den Ball über die Querlatte. Corner von der anderen Seite. Oleksyn bringt den Ball zur Mitte. Kusmyn steigt hoch, wird von Baumeister und Ärger in die Zange genommen und köpfelt ins Torout.»

Der Schiedsrichterpfiff beendete die erste Hälfte der Nachspielzeit. Ein letzter Seitenwechsel in diesem Spiel.

Die Gäste hielten nach dem Anstoß den Ball in ihren Reihen, langsam spielten sie nach vor.

«So, das ähnelt jetzt einem Stehfußball. Meine Herren das ist doch keine Partie Schach.»

Der Kommentator öffnete das Päckchen. Er schüttete den Inhalt auf den leeren Teller und bevor er es weglegte, spähte er noch mal in die kleine Tüte. Sogleich griff er zur Flasche.

«Die Heimelf probiert´s über die linke Seite. Kowalenko zu Schewtschenko, der spielt in die Mitte. Da steht Oleksyn. Zurück zu Schewtschenko, der zu Baranow. Ragitz springt dazwischen und ... «

Der Angreifer weilte in der gegnerischen Hälfte gut einen halben Meter hinter dem Abwehrchef, beobachtet vom Linienrichter, der parallel zu ihm stand. Ein Steilpass von hinten. Der Stürmer sprintete nach vor. Der Mann an der Linie folgte, die Flagge hielt er in seiner Faust, schon stoppte er, um ein Abseits anzuzeigen. Die Hand schwang nach oben, kurz drehte er noch seinen Kopf zurück, da sah er die nach vor gestreckte Hand des Spielleiters. Der Linienrichter riss die Hand mit der Fahne zurück und sprintete sofort entlang der Linie nach vor.

«Ragitz spielt steil nach vor. Habisch läuft der Abwehr auf und davon. Smirnow und Goali Cherisow heben die Hand. Habisch ist komplett allein - zieht aufs Tor. Cherisow steht da und hebt noch immer die Hand. Habisch am Sechzehner. Cherisow steht am Elfer, wartet und Tor! Tor! Habisch hat die Kugel versenkt.«

Der Reporter drückte seine Handflächen gegen beide Ohren.

* * *

Im Gemeinschaftsraum sprangen die Männer am Stand. Sie jubelten, den Schützen ließen sie hochleben.

* * *

«Einhundertzwölfte Spielminute. Nur noch drei zu eins. Torschütze Andreas Habisch.»

Unten am Spielfeld protestierten die Gastgeber. Der Spielleiter lief zum Linienrichter. Dieser bestätigte sofort, dass alles regelkonform war. Das Tor zählte. Ein Pfeifkonzert aus neunzigtausend Kehlen. Kusnezow sah die gelbe Karte. Die Mitspieler zerrten ihn weg. Der UEFA-Mann an der Seitenlinie verwies den Trainer sowie die erbosten Ersatzspieler zurück auf die Bank.

Der Kommentator naschte genüsslich vom salzigen Knabbergebäck, mit dem Bier spülte er seine Kehle.

Anstoß. Mit kurzen Pässen drang die Heimelf vor. Die Gäste zogen sich sofort zurück und mauerten.

«Die probieren's nochmal. Elfmeterschießen wird's heut sowieso kein's mehr geben. Da war noch was.»

Sogleich öffnete er die letzte Flasche.

«Jetzt hauen's alles nach vor. Die Gäste sind nur noch auf Ball halten und Spielzerstören aus. Abgefangener Angriff - Konter der Gäste, viel zu steil. Den Ball kann Habisch nie und nimmer erlaufen. Nicht einmal der pfeilschnelle Smerch würd den kriegen. Kusnezow spielt quer, da steht Ärger. Fehler von Kusnezow. Baranow sprintet los.»

Nachdem der Auswärtsspieler als Letzter den Ball berührte, flog dieser aus dem Spielfeld.

«Pressball zwischen Baranow und Ärger.»

Baranow hob die Hand. Der Balljunge warf ihm den Ball zu. Dieter Ärger äußerte seinen Unmut und schrie den Buben an.

«Ärger ist Fuchsteufels wild. Er reißt Baranow den Ball aus den

Händen. Der schupft mit den Kopf nach vorn und trifft den Ball.»
Der Pfiff stoppte beide. Der Schiedsrichter sprintete auf sie zu. Er
befragte seinen Assistenten, dieser bestätigte den Einwurf für die
Gäste. Der Spielleiter griff in seine Brusttasche, zog eine Karte
und zeigte sie dem erbosten Heimspieler. Während er sich zum
Auswärtsspieler drehte, sah er den roten Karton in seiner Hand.
Kurz schielte er zur Brusttasche, dort steckte die gelbe Karte, sein
Blick schweifte zurück zum Karton. Eine Sekunde hielt er inne,
da zeigte er auch dem verblüfften Auswärtsspieler die rote Karte.
Der Linienrichter forderte die erzürnten Ausgeschlossenen ener-
gisch auf, das Spielfeld zu verlassen.

«Der Unparteiische schickt beide zum Duschen. Für die Heiß-
sporn Ärger und Baranow wird's kein Finalspiel geben. Das
Match geht mit einem Outeinwurf weiter. Die Gäste werfen ein.
Ball kommt zu Ragitz. Ragitz überspielt Schewtschenko, immer
noch Ragitz, Pass zu Habisch. Habisch gegen Kusnezow. Habisch
zieht ab. Daneben. Es bleiben noch fünf Minuten.»
Der Reporter knabberte die letzten Stücke.
Die Gäste reihten sich an der Strafraumlinie auf.

«Bis auf Habisch und Ragitz steh'n alle Spieler am Sechzehner.
Die zwei fungieren als Abfangjäger. Diese Mauer ist nicht mehr
zu knacken. Schewtschenko führt das Leder, zu Kowalenko, der
spielt nach vorn zu Kusmyn. Kusmyn am Sechzehner, da gibt's
kein Durchkommen. Kusmyn spielt auf für Kusnezow, der zieht
ab. Ball im Torout. Baumeister wurde angeschossen und liegt
jetzt am Boden.»
Der Unparteiische unterbrach. Das Betreuerteam trabte aufs
Spielfeld. Neunzigtausend pfiffen den Libero aus. Dieser humpelte gestützt von zwei Betreuern aus dem Spielfeld. Die Heimelf
umringte den Referee, der demonstrativ auf seine Uhr zeigte. Die
Demonstrierenden beruhigten sich kaum. Der Schiedsrichter gab
den Eckball frei. Die Anfeuerungsschreie begleiten den Eckstoß.

«Weite Hereingabe von Oleksyn, Kusnezow steigt hoch ... Schulte faustet den Ball über's Tor. Baumeister wieder im Spiel. Schewtschenko legt den Ball auf. Kurz abgespielt zu Kowalenko, der trickst sich durch. Flanke von Kowalenko - Maeßig putzt mit'n Kopf aus und klärt. Habisch und Kusmyn im Zweikampf. Kusmyn spitzelt den Ball zu Schewtschenko, weiter zu Oleksyn. Oleksyn steht verkehrt vor'm Tor, dreht sich, trickst nach vorn. Dreht sich nochmal, der spielt nicht ab, der spaziert durch die Abwehr. Oleksyn, schießt aus'n Stand. Der Ball ... Tor! Tor!»
Der Kommentator warf mit seiner Hand das am Tisch stehende Bier um. Rasch griff er nach der noch halb gefüllten Flasche. Da hörte er das Gurgeln in der Nebenkoje.

* * *

Im Gemeinschaftsraum der Kombinatsarbeiter herrschte Ruhe. Keiner rührte sich. Es dauerte, bis die Männer ihren Frust losließen. Schließlich fluchten sie im Kanon.
«Politisch», jammerte Gert mit heißerer Stimme, sein gekrächzte ging im Lärm unter.

* * *

«Einhundertachtzehnte Spielminute. Vier zu eins. Torschütze Vladimir Oleksyn. Mit'n Spitz hat er den Ball ins Tor gschupft. Die hab'n gschlafen. Die Mauer ist gfallen.»
Die Gäste legten den Ball auf die Mittelauflage. Der Anstoß wurde ausgeführt und der Ball sogleich nach vorne getreten.
«Ankick der Gäste. Ragitz, zurück zu Maeßig, der tritt die Kugel nach vorn. Ha-bisch im Zweikampf mit Kus Kuszow.»
Der Kommentator saugte ein letztes mal an der Flasche. Da führte ein technisches Problem zu einem Ausfall des Mikrofons.
«Kowa zu Schewschewsch der zu ... Ole Oleksyn. Ole kisyn oh liegt am Boden. Schauschau die hab'n es Denkmal umgrissen. Was jetzt? Ah! Freistoß. Wer legt die Kugel auf. Was? Der Schiri hat'n Ball. Aus? Na ja, der Schiri pfeift ab. Na ja, das war's dann.»

Die kurzzeitige Überlastung des Stromnetzes wurde behoben. «Das Stadion ... Ein Hexenkessel. Neunzigtausend feiern. Sieg und Finaleinzug fürs Heimteam. Ich verabschied, verabschiede mich von ihnen, küss die Hand und danke schön fürs Zuhören.»

* * *

Drei Kojen weiter drückte ein Mann die Tür zum ungarischen Kommentator auf. Er reichte dem Verblüfften ein Kuvert. Dieser öffnete es sogleich und las den Brief.

* * *

Die Heimelf jubelte über den Erfolg. Der Einzug ins Finale, die bisher größte sportliche Leistung des Vereins.

Das Trainingslager in Sibirien wurde zur Freude der Mannschaft und der Spielerfrauen verschoben. Dafür gab es ein Einkaufswochenende im Kaufhaus Gum am roten Platz in Moskau.

Der westeuropäische Rundfunkmitarbeiter steckte das Knabbergepäck in die Jacke, holte seine Reisetasche unter dem Tisch hervor und verließ die Koje. Er wackelte den Flur entlang, da bemerkte er die geöffnete Kabinentür. Drinnen sah er einen grauhaarigen Mann, der auf einem Stuhl hockte. Der Mann weinte, schrie etwas auf Ungarisch und wiederholte es. In seiner Hand hielt er ein Briefpapier.

Das Schreiben zum vorzeitigen Ruhestand.

Der Rundfunkmitarbeiter wankte in Richtung Ausgang. Ein Mann stand an der Wand und als er den Kommentator sah, begann er zu raunen. Dieser verstand nichts. Der murmelnde Mann deutete auf seinen Hals. Der Kommentator bemerkte die spanische Flagge am Jackenreverse seines Gegenübers. Da stützte sich dieser mit einer Hand an der Mauer, die Zweite führte er zu seinem Reißverschluss. Er formte die Hand zu einer halb geschlossenen Faust, breitbeinig stand er so da. Der Kommentator klopfte dem Kollegen auf die Schulter und zeigte ihm mitzukommen. Sie erreichten die Toilette. Der Spanier schüttelte mit beiden Händen die Hand seines Retters. Der Kommentator verließ nun das Stadion. Ein Taxi brachte ihn zum nahen Hauptbahnhof, von dort reiste er mit dem Nachtzug nach Budapest.

Zu Mittag suchte er den Speisewagen auf. Nachdem Essen und einem gepflegten Bier verließ er den Wagon. Da sah er den ungarischen Kollegen, auf dessen Tischchen eine Weinflasche und leere Schnapsgläser standen. Der Mann hielt einen Brief in der Hand und schrie: »Corner! Foul and Out!«

Er ohrfeigte sich selbst. Kopfschüttelnd schritt der Kommentator in sein Abteil zurück. Dort schlief er bald ein.

Kurz vor Budapest erwachte er. Am Hauptbahnhof angekommen, wechselte er den Zug. Auf einem der leeren Sitze lag eine österreichische Tageszeitung. Er schnappte diese und blätterte gleich zum Sportteil. In dicken Lettern sah er die Schlagzeile.

«Oleksyn schießt sein Team ins Finale!»

Jetzt las er die Kolumne.

«Die von Anbeginn rassig geführte Partie entwickelte sich zu einem offenen Schlagabtausch. Tempofußball auf höchstem Niveau. Ein Spiel, an Dramatik nicht zu überbieten. Einzig die katastrophale Leistung des Schiedsrichterteams trübte den Abend. Matchwinner Vladimir Oleksyn, der beste Spieler am ...»

Der Radiosportkommentator stoppte, schüttelte den Kopf.

«Typischer Zeitungsschreiber, nie am Geschehen aber immer alles besser wissen.»

Er faltete die Zeitung und warf sie auf den leeren Platz zurück.

Homeoffice

Er betrat das Lokal, an der Theke lehnten Männer und unterhielten sich, hinter dem Tresen zapfte der Wirt ein Bier.

«Grüß euch Gott», sagte er und stellte sich zu den Anwesenden.

«Servus Werner!», riefen diese.

Am Tisch neben dem Eingang sah er jetzt drei Männer. Diese rauchten und spielten Karten. Er grüßte, die Kerle, vertieft in ihrem Kartenspiel antworteten nicht. Der Wirt schaute auf.

«Grüß dich Werner. Kommst von der Arbeit?», fragte er erfreut.

«Ja, ich hab noch was fertigstellen müssen.»

Mit dem gezapften Bier in der Hand schritt der Hüne ruhig nach vor. Er reichte es dem eben Erschienenen.

«Danke Herr Wirt. Das brauch ich jetzt.»

«Gerne Werner.»

«Moment, das ist mein Bier!», rief einer der Männer am Tresen.

«Hans, dein´s zapf ich gleich.»

Werner schaute zu Hans hinüber. Dieser hielt eine Rotweinschorle in seiner Hand. Vor ihm standen eine Tasse Kaffee, ein Stück Kuchen und ein fast leeres Glas Bier. Im halbvollen Aschenbecher steckte eine qualmende Zigarette. Erst jetzt sah Werner die Frau am Ende der Theke. Sie sass mit überkreuzten Beinen auf der integrierten Sitzgarnitur. Eine Weissweinschorle stand vor ihr.

«Hallo Christa», sagte er zu ihr.

«Ich habe dich bereits beim Hereinkommen gegrüßt. Werner, bist du schon von zuhause aus tätig?»

«Die Entscheidung über das Homeoffice trifft der Human Resources Manager aus dem Wiener Mainoffice.»

»Dieses Outsourcing und die vielen Leasingkräfte. Das sind oft ganz prekäre Arbeitsbedingungen«, meinte die Dame.

«Von was redet´s ihr da?», fragte der neben der Frau stehende.

«Der Werner möchte von zuhause aus arbeiten. Sowie der Bertl und du auch.»

«Ich?», fragte der Mann und zog am Träger seiner Latzhose.

«Ja, du. Du gibst die Daten deiner Milchkühe im Computer ein. Somit besitzt du ein Homeoffice. Das ist Neudeutsch für ein Heimbüro.» Sie zwinkerte zum Bauern, der sie anstarrte.

«Bertl was meinst du dazu?», fragte sie.

«Also ich kann's mir nicht mehr anders vorstellen», meinte Bertl. Er lehnte zwischen dem Landwirt und Hans, mit dem gestreckten Zeigefinger visierte er Werner an: «Werner, die nützen dich aus. Heute hast du wieder so lange gebuddelt. Projektbezogen ist was für dich, nicht Stunden absitzen. Wirt, noch ein Bier», nuschelte Bertl.

«Hast nicht schon genug Bertl?»

«Gib mir auch noch eins, bitte», sagte Werner und leerte gleich seine Halbe. Er betrachtete Bertl, dem die Augenlider zufielen.

Hans schaute zu Werner, lässig stellte er sein frisch gezapftes Glas ab.

«Werner das ist ein zweischneidiges Schwert», meinte Hans, stach mit der Gabel in den Kuchen und fügte hinzu: «Wenn du nicht aufpasst, rennst ungebremst in ein Burnout.»
Steif führte er jetzt das aufgespießte Stück zum Mund.

«Hans, das kann dir nicht passieren. Überarbeiten ist ein Fremdwort für dich«, sagte der Mann hinter dem Tresen.

«Aufpassen Herr Wirt. So ein richtiges Arbeitstier bist du auch nicht.» Er stocherte im Kuchenstück. Schließlich sprach er weiter:

«Wär interessant, wie eine frische Mehlspeise schmeckt. Die Lebensmittelpolizei hätt eine Freude daran. Ein Fall fürs Labor.»

«Nicht die frischeste Mehlspeise? Den ganzen Tag liegt der Kuchen schon vor dir. Mit deinem Atem und den Glosenten Tschick hast das gute Stück verpestet.»

«Eine Gulaschsuppe wär mir viel lieber gewesen., aber deine versteinerten Semmeln kannst ins naturhistorische Museum nach Wien schicken».

»Trottel!«, rief der Wirt, der jetzt seine Kaffeemaschine putzte.

«Die serbische Bohnensuppe kann ich empfehlen. Die Semmel musst du halt in der Suppe länger einweichen», meinte Bertl.

«Weil diese zu hart ist?», fragte Hans.

«Nein, damit die Sägespäne in der Semmel aufweichen und nicht im Hals steckenbleiben», antwortete Bertl, der sich abstützte.

Jetzt lachten alle an der Theke.

«Ihr mit euren abgetöteten Geschmacksnerven!», rief der Wirt.

«Herr Wirt, geben sie mir bitte einen Kuchen», sagte die Dame.

Der Gasthausbetreiber brachte ihr ein Stück. Hans lugte auf den Teller. Das Kuchenstück darauf war deutlich größer, als er bekommen hatte.

«Frau Inspektor, passen's auf ihre Zähne auf. Wär doch schade wenn ...»

«Danke für die Fürsorge Herr Hans. Regionaloberinspektorin ist die korrekte Anrede.»

«Mit den Dienstgraden hat es der Hans nicht so», meinte Werner.

«Ja, ja. Typischer Uniformträger. Wundert mich, dass du in Zivil da bist«, konterte Hans.

«Hans, ich mach mir nichts aus Uniformen», sagte Werner.

«Ja, ja. Ob nicht auf deinem Hemdkragen ein Stern klebt.»

«Herr Hans, bitte. Der Werner gehört zu einer Einsatzorganisation die Leben rettet.»

«Haha», lachte Bertl und grölte: «Werner, hast du die Lebensrettermedaille?»

«Was für eine Medaille?»

«Die Lebensrettermedaille. Ich hab sie. Ich hab's bei der Feuerwehr bekommen. Wenn ihr alle da keine habt, dann haltet's das Maul«, schrie Bertl wild. Er saugte lautstark vom Bier, stellte das Glas ab und starrte in dieses. Die Anwesenden betrachteten ihn.

«Leben retten ist was ganz edles», sagte die Frau. Sie fügte hinzu: «Manchem Mann steht eine Uniform sehr gut, also den Werner würde ich gerne in Uniform sehen.»

«Ohne noch lieber», murmelte Hans.

«Was nuschelt der Herr Hans?», fragte sie.

«Schmeckt der Kuchen oder fehlt schon ein Beißer?»

«Guter Mann, achten sie auf ihre Wortwahl. Die Mehlspeise ist ausgezeichnet. Herr Wirt, lassen sie sich von dem nicht ärgern.»

Hans schaute zu Werner. Er verdeckte mit einer Hand den Mund und flüsterte: «Die hat einen Gaumen wie ein Krokodil.»

Werner lachte.

«Was gibt es Werner?», erkundigte sie sich.

«Es ist alles in Ordnung. Eine Frage hätt ich. Christa, gibt es eine Gruppenversicherung, so wie für Einsatzorganisationen, auch fürs Kleingewerbe?»

«Natürlich auch. Gerade im Klein- oder Nebengewerbe ist versichern überlebenswichtig, denn ...»

Wie aufgezogen sprach sie weiter. Derweil servierte der Wirt Getränke für die Kartenspieler. Die Versicherungsangestellte sprudelte, Schaum bedeckte ihre dritten Zähne. Bertls Zwischenruf: «Scheiß Versicherungen!» überhörte die Dame. Begeistert fuhr sie mit ihrem Referat fort.

«... und darum Versichern, Versichern, denn es kann immer etwas passieren», mit diesen Worten beendete die Frau Regionaloberinspektorin ihren einstudierten Vortrag.

Worauf Bertl und Hans begannen ein Lied anzustimmen. Voller Inbrunst schrien sie den Text ihrer Antiversicherungshymne hinaus und klatschten dazu im Takt. Der Gesichtsausdruck der Versicherungsfrau verwandelte sich rapide. Vom vorhin Freundlichem, ja gar Zärtlichem war nichts mehr zu sehen. Ihre schönen, weiblichen Gesichtszüge verhärteten und ihr Blick hinterließ bei den männlichen Beobachtern den Eindruck, als wäre ihr gerade das komplette Abendessen hochgekommen. Jetzt sang auch noch Werner lautstark den Refrain des Liedes mit:

«Darum last das Frohlocken,

ihr wollt uns nur abzocken,

steckt euch die Polizzen,

in irgendwelche Ritzen ...»

Die Männer beendeten das Lied. Sie lachten und schlugen mit den Fäusten auf die Holztheke. Als Draufgabe grunzte Bertl mit bereits geschlossenen Augen.

«So eine Frechheit!», klagte die Frau.

Der Wirt reichte ihr eine Weißweinschorle.

«Danke Herr Wirt. Du weißt, wie man eine Dame behandelt.» Der Schritt zur Ausschank zurück, dabei murmelte er: «Vor zehn Jahren, ja, da hätt ich dich gerne behandelt.»

«Alles Banditen!», lallte Bertl schlaftrunken. Dösig führte er sein Glas zu den Lippen. Ein Teil der Flüssigkeit rann über seinem Mundwinkel und durchnässte seinen Pullover. Mit dem Handrücken wischte er schwerfällig über seinem Mund. Schließlich torkelte Bertl in Richtung Toilette, wobei er mit der Schulter die Wand entlang streifte.

«Was ist mit dem Bertl los?», fragte Werner entsetzt.

«Der ist jeden Tag voll. Den Bertl wird die Firma bald kündigen. Bei der Feuerwehr haben's ihn rausgeschmissen», sagte Hans.

«Gesoffen hat der Bertl schon immer. Aber so dicht war er nicht einmal an den Wochenenden. Er war in der Schulzeit der Klassenbeste», meinte Werner.

«Seit der Bertl einen anderen Tagesablauf hat und von zuhause aus arbeitet, ist er nicht der Alte», sagte der Wirt. Er servierte die frisch gezapften Krügel.

Die Dame schaute auf, sie sprach leise: «Für den Bertl ist sowas nicht gut. Der braucht feste Strukturen oder eine starke Frau. Ich erinnere mich, wie er bei der Post im Nachbarort gearbeitet hat.

134

Anfangs hat er beim Gasthof zur Brücke ein Bier getrunken. Später ist er immer länger geblieben, da hat er die Reklamesachen vom Gastgarten aus in den Bach geschmissen und zum Schluss auch noch die Briefe.»

Jetzt legte sie ihr Tablet auf die Theke.

«Du hast auch schon eins», sagte Werner.

«Ja, Werner. Zwischendurch erledige ich meine Arbeit. Das ist sehr angenehm.»

Der Bauer betrachtete die Versicherungsfrau, schüttelte den Kopf, bestellte ein Bier und stampfte in seinen quietschenden Stallstiefeln zur Toilette.

«Werner, hast du viel stress?», fragte Hans und nippte von der Rotweinschorle. Bedächtig zündete er eine Zigarette an.

«Die letzten Wochen waren brutal. Zwei haben gekündigt, nur ein Posten wird nachbesetzt. Meine Projekte könnt ich alle von zuhause aus machen. Ich hab gesagt, dass ich bei einer anderen Firma ein Homeoffice betreiben könnt. Na ja, schauen wir mal. Herr Wirt, noch ein Bier bitte.»

Der Bauer stiefelte vom WC zurück, amüsiert grunzte er: «Der Bertl ist im Scheißhaus eingeschlafen und schnarcht wie eine trächtige Sau.»

Da betrat ein junger Mann das Lokal.

«Einen schönen guten Abend», sagte dieser.

«Servus», antworteten die Anwesenden den unbekannten musternd. Der Mann hinterm Tresen drehte sich um.

«Haben sie hier ein Telefon, das ich benutzen kann?»

«Ja», sagte der Wirt. Er deutete zum Ende der Theke.

«Darfs sonst etwas sein», fragte der Wirt.

«Ja, bitte einen Kaffee.»

«Aber nicht um diese Zeit.»

«Wie meinen sie das?»

«Trink was Anständiges. Ein großes Bier oder eine Mischung.»

«Was Anständiges? Ich denke, ich kann ihnen jetzt nicht folgen.»

«Ein Mann trinkt um diese Zeit keinen Kaffee. Außerdem habe ich die Espressomaschine schon geputzt.»

«Gut, geben sie mir bitte eine Weißweinschorle.»

Der Gast fischte einen Zettel aus seiner Geldtasche, legte diesen auf den Tresen und starrte stumm auf die Wählscheibe des klobigen Apparates.

«Im Uhrzeigersinn wählen», erklärte der Wirt, während er das Getränk zubereitete. Er goss etwas Mineralwasser ins Glas, den Rest füllte er mit Wein auf.

»So, da ist deine Mischung«, sagte der Wirt und stellte das Getränk vor dem jungen Mann ab. Der schüttelte den Kopf.

«Das Ding funktioniert nicht.»

«Was hast du gewählt?»

«Null, null, vier, neun und die Nummer.»

«Haha! Die falsche Vorwahl.»

«Für Deutschland ist die Vorwahl doch vier, neun.»

«Ihr habt eine andere Vorwahl.»

«Und die wäre?»

«Zwei, drei.»

«Seit wann?»

«Seit Cordoba neunzehnhundertachtundsiebzig.»

Der Wirt drehte den Apparat zu sich.

«Sag mir die Nummer.»

Der junge Mann las die Telefonnummer vor und der Schankmann wählte die Ziffern am Apparat, dabei starrte der Gast auf die zurückschwingende Wählscheibe. Schließlich reichte ihm der Wirt den Hörer und legte einen Kugelschreiber, dazu noch einen Schreibblock zum Telefon. Erst jetzt nahm der Gasthausbetreiber die nächsten Bestellungen der rufenden Männer entgegen.

«Hallo Meik! Meik, ich bin's Kevin. Kumpel, mein Handy ist kaputt gegangen. Kannst du mir Sabines Handynummer geben?»

Er wartete einen Moment. Bald schrieb er Zahlen auf den Block. Sogleich flüsterte er: «Du Meik, google mal: Cordoba 1978, zwei, drei. Ich melde mich morgen. Meik, danke. Tschüss.»

Er legte den massigen Hörer auf die Gabel, betrachtete für einen Moment den Apparaten, schließlich griff er zum Glas. Jetzt trank er den ersten Schluck, gleich nahm er noch einen.

«Die schmeckt geil. Also bin ich jetzt in Kärnten, ja?»

Stimmen erstickten, mit weit aufgerissenen Mündern starrten die Anwesenden zum Fremden. Die drei Kartenspieler lugten über ihre Spielkarten und verharrten für einen Atemzug. Allein das unaufdringliche Brummen der Kühlaggregate war zu hören.

«Fast», hauchte die Versicherungsdame und durchbrach die angespannte Stille.

«Mein Handynavi hat mich hierher geführt. Jetzt ist es kaputt. Ist es nach Kärnten noch weit?»

«Wenn du den Weitwanderweg gehst, sind es zwanzig Kilometer», meinte Hans, der genussvoll an seiner Zigarette saugte.

«Dann bin ich noch in Salzburg.»

«Salzburg? Bub du bist in der Steiermark. Hast du keine Straßenkarte?», fragte der Wirt.

«Nee, habe ich nicht. Ich habe ... Ich hatte mein Handynavi. Das hat mich hierher gelotst. Bis jetzt hat es immer funktioniert.»

«Und wohin in Kärnten willst du?», fragte Werner.

«Nach Velden am Wörthersee.»

«Zu Fuß, über die Berge? Eine Woche, minimum», urteilte Hans mit einem Blick auf die Schuhe des gestrandeten.

Der sportliche Mann schaute verstört zu Hans. Der langte zwischen Biergläsern und Rotweinschorle, führte die Kaffeetasse mit abgespreiztem kleinen Finger zum Mund, und nippte genüsslich daran. Schmunzelnd stellte er sie zurück. Darauf pickte er mit der Gabel das letzte Stück Kuchen behutsam vom Teller. Der junge Deutsche beobachtete Hans, letztendlich leerte er sein Weinglas.

«Herr Gastwirt, bitte noch so eine leckere Weinschorle. Wo sind die Toiletten?»

Der Wirt zeigte dem weitgereisten Gast den Weg.

«Immer dem Schnarchen nach!», rief der Bauer.

«Ich verstehe nicht, dass die jungen Leute stur nach diesen Technikkasten fahren», sagte der Wirt. Er stellte die Weißweinschorle auf die Theke.

«Das ist eine andere Generation», meinte die Dame.

Werner schaute zu ihr.

«Nicht nur die Kids verwenden diese `Device´s. Für alle `user´, NGO´s oder auch die Bergrettung haben GPS und Handy einen Quantensprung gebracht.»

«Was ist den jetzt los? Kreuz sakra!», rief der Bauer, schlug mit der Faust auf die Theke und schrie: «Wirt zahlen.«

Er bezahlte. Beim Hinausgehen rief er noch: «Pfiat euch!«

Da kam der junge Mann von der WC-Anlage zurück.

«Herr Wirt, in der Toilette schnarcht jemand. Außerdem stinkt es bestialisch.»

«Da hat der Bertl aufs Spülen vergessen. Na ja. Da steht deine Mischung.»

«Bitte?»

«Kevin, das ist deine Weinschorle.»

«Sie kennen meinen Namen?»

«Ja, ich weiß auch, dass du 1991 oder kurz danach geboren bist.»

«Woher wissen sie das?»

«Frag deine Mama, was für einen Film sie im Kino 1991 angeschaut hat.»

Verblüfft sah er in die Augen des Lokalbesitzers, dieser lächelte ihm zu. Sogleich trank der Gast von seinem Glas.

«Also die Weißweinschorle ist ein Hammer. Eine Frage hätte ich. Den Ötzi hat man ja an der Grenze zwischen Italien und Österreich gefunden. Stimmt doch? Ist das noch sehr weit von hier?»

Werner antwortete sofort: «Der Fundort ist in Tirol. Erst die letzte Messung, die sie gemacht haben, hat ergeben, dass die Fundstelle in Südtirol liegt. Also ist Ötzi Italiener.»

«Na! Na!», schrie Hans energisch.

«Der Ötzi ist kein Italiener! Aber auch kein Österreicher. Der Mann aus dem Eis ist deutscher.»

«Deutscher?», riefen Kevin und Werner synchron.

«Wer sonst geht mit Sandalen ins Hochgebirge. Werner, du müsstest das eh wissen.»

«Geh Hans. Herr Wirt, bring uns eine Runde.»

«Gerne Werner. Hans, was nimmst du?»

«Schenk einmal der Frau Inspektor und den anderen ein. Ich bin noch am überlegen.»

«Regionaloberinspektorin, Herr Hans. Der Titel wurde mir in Wien verliehen.»

«Vom Kaiser Franz Joseph? Regionaloberinspektorin hat nichts mit Leistung zu tun. Das ist eine reine Alterserscheinung. Gnadenhalber, kurz vor der Pensionierung wird der Titel verliehen.»

«Also so ein Blödsinn. Herr Wirt, gib dem Hans eine Limonade.»

«Was? Ein Kracherl. Das ich auf die Theke speibe. Na, na. Ein Krügel Bier, aber sieben Minuten zapfen. Ich stoppe mit.»

«Siehst du überhaupt die Zeiger auf deiner Uhr?», fragte der Wirt, während er die Getränke zubereitete.

«Zeiger? Herr Wirt, wir leben in der digitalen Welt.»

Er hob seinen Arm und deutete mit den Fingern der anderen Hand auf die digitale Anzeige. Die Zigarette steckte im Mund.

»Bis die Maschinen und Computer das Zepter übernehmen», sagte der Wirt kopfschüttelnd. Er brachte die bestellten Getränke, die Dame bediente er zuerst.

«So Hans, kannst mitstoppen. Jetzt zapf ich dein Bier.»

«Also ich muss schon sagen, die Weißweinschorle ist der reine Wahnsinn. Die schmeckt verdammt geil. Werner, auf dein wohl.»

«Süffig, ja. Einen guten Wein hat er, unser Wirt», meinte Werner.

«Dafür sind seine Mehlspeisen schwer verdaulich», rief Hans.

«Glauben sie ihm nicht, junger Herr. Die Mehlspeisen sind vom Feinsten. Äußerst delikat. Junger Herr, ich möchte sie nicht bevormunden aber sollten sie nicht ihre Lieben in Velden anrufen und informieren.»

«Sie wissen nicht, dass ich komme. Das ist eine Überraschung.»

«Eine Minute hast du noch», sagte Hans zum Wirt und zeigte auf seine Uhr. Da kam Bertl von der Toilette zurück. Sein schwarzer Pullover war an der Schulter komplett weiß.

«Solltest mal deine Lüftung überprüfen lassen.»

«Hast den Spülknopf nicht gefunden?»

Bertl reagierte nicht auf die Aussage des Wirtes, der Hans das gezapfte Krügel hinstellte.

«Sieben null neun. Hast Glück gehabt», sagte Hans auf seine Uhr schielend.

«Dann schau, dass es nicht warm wird, und du wieder ein Hansl Bier stehen hast», antwortete der Wirt. Er griff nach dem Porzellangeschirr.

«Halt! Stehenlassen.»

Der Wirt schaute Hans in die Augen, fasste den Teller, die Tasse und das leere Glas.

«Das sind meine Getränke!», rief Hans. Er deutete auf die Gläser.

«Die Gläser gehören mir. Der Wirt bin ich und du lieber Hans bist beim Trinken eine Schnecke.»

Die Anwesenden lachten, bis auf die Kartenspieler, die mit den Spielkarten ihre Gesichter verdeckten.

»Was? Ich, eine Schnecke«.

Schon fasste Hans das halbe Liter Glas. Er saugte daran. Mit einem Schluck trank er die Hälfte des Inhalts, der Schaum klebte an seiner Oberlippe.

«Schnecke sagt er! Das ich nicht lache», meinte er jetzt gekränkt.

140

Bertl lehnte auf seinem Platz. Vom Boden hob er eine Tasche hoch, holte ein Notebook aus dieser und legte es auf die Theke.

«Bertl, was hast den jetzt vor?», fragte der Gastwirt.

«Ich muss noch was fertig bringen.»

Er fing an zu tippen. Bald fluchte er. Er nahm das Notebook und setzte sich an einen freien Tisch. Er furzte. Die Holzfläche des Stuhls verstärkte den Klang.

«Bertl, bitte beherrsche dich», flehte die Dame. Sogleich schnappte sie ihr Glas, die Handtasche und den Tablet-PC. Rasch wechselte sie den Platz.

«Hoppla!», rief Bertl, der jetzt sein Bier von der Theke holte.

Die Versicherungsfrau beobachtete Bertl. Kevin und Werner plauderten. Hans saugte an der Zigarette und schaute zu den Kartenspielern, die jetzt aufstanden und gemeinsam, ohne ein Wort zu wechseln, zur Toilette schritten.

«Werner die Tätigkeit bei der Bergrettung stelle ich mir sehr interessant vor», sagte Kevin.

«Wenn du jemanden aus einer Notlage rettest, ist das ein schönes Gefühl», antwortete Werner zufrieden. Kevin nickte.

Bertl entwich wieder ein Furz.

«Ein Kapitaler», lallte er.

«Wah! Bertl, der war deftig! Es ist besser, du gehst aufs Klo und verrichtest deine Arbeit dort», protestierte Hans.

«Hast recht. Es ist ein Scheißbericht. Die ganze Firma ist ein riesen Scheißhaus», schrie Bertl. Seine Finger hämmerten in die Tastatur. Er stoppte. Halblaut las er das Geschriebene.

Die drei Kartenspieler kamen zurück und steuerten auf ihren Tisch zu. Einer der Männer drehte sich zur Theke.

«Deine Kloabsaugung funktioniert nicht», sagte er zum Gastwirt, der den übergehenden Aschenbecher ausleerte.

Hans bestellte beim Wirt ein gepflegtes Bier, abermals drohte er theatralisch mit der Stoppuhrfunktion seiner neuen Digitaluhr.

«Du Arsch du!», schrie Bertl. Mit den Fäusten schlug er auf die Tastatur. «Du Arsch du!», wiederholte er und schmiss das Notebook zu Boden.

«Gib mir einen Schnaps!», rief er zum Wirt.

«Einen kriegst du, dann gehst nach Hause», antwortete dieser.

«Bertl, bleib dort sitzen», sagte Hans.

«Warum?»

«Weil ich die Luft zum Atmen brauch.»

«Einen eingeschränkten Menschen beleidigen. Schäm dich».

«Bertl, was für eine Behinderung hast du?», fragte die Regionaloberinspektorin, den Mann, der sich jetzt an der Theke festkrallte.

«Ich habe ein ärztliches Attest, das mein Schließmuskel eingeschränkt funktioniert.»

Darauf ließ er einen fahren. Er lachte.

«Ich kann nichts dafür», sagte er anschließend.

Der Wirt reichte den Schnaps. Gleich leerte Bertl das Glas.

«So Bertl, es ist Zeit für dich.»

«Gib mir noch ein Bier.»

Der Wirt schritt um die Theke herum.

«Du gehst jetzt heim, und Bertl, lass deinen Auspuff richten.»

Bertl schaute auf.

«Hm», sagte er und zahlte. Schon wackelte er zur Tür.

«Halt! Deine Computerleiche nimmst mit, der mobile Blechtrottel kriegt Lokalverbot!«, rief der Gastwirt.

Bertl bückte sich, um sein Notebook aufzuheben, dabei spielte ihm sein eingeschränkter Schließmuskel erneut einen Streich. Er schnappte die Tasche und steckte den Laptop in diese. Bevor er den Reißverschluss schloss, schrie er noch: «Du Arschsau du!»

Eingehüllt in einer Gaswolke verließ er das Lokal.

Die Versicherungslady bestellte die nächste Runde. Werner starrte zum Ausgang, durch den Bertl soeben das Gasthaus verlassen hatte. Der Wirt brachte die Getränke, den abwesenden

Werner weckte er mit einem behutsamen Schlag auf die Schulter.

«Ein Prost auf die Frau Inspektor», sagte Hans, der eine Rotweinschorle bestellt hatte, um die Kunststofftasten seine Uhr zu schonen. Er sprach weiter: «Kevin, wenn deine Leute in Velden eine Versicherung brauchen ...»

«Herr Hans, ich bin hier als Privatperson», seufzte die Dame.

«Prost Werner. Werner?», rief Kevin.

Der starrte in sein Glas.

«Ja, prost», antwortete er jetzt.

Die Frau Regionaloberinspektorin plauderte mit Kevin und Hans. Sie erzählte ein lustiges Erlebnis aus ihrer Versicherungstätigkeit. Die drei lachten köstlich. Werner griff in seine Hosentasche, holte sein abgeschaltetes Mobiltelefon hervor und schaltete es ein. Er nahm noch einen Schluck von seinem Bier, schließlich kontrollierte er die eingegangenen Kurznachrichten.

«Homeoffice abgelehnt, sorry», sah er auf dem Anzeigefeld. Werner küsste dieses, schaltete sein Telefon ab und rief: «Noch eine Runde Herr Wirt!»

Bitte umblättern.

»Danke für das Lesen des Buches«, sagt der Autor.

Für die Statistik:

In dem Zeitraum, der für die Erstellung des
Buches nötig war, wurden in den folgenden
Ländern

Tschechien	172
Österreich	121 + 1 Seidl
Deutschland	121
Australien	119
Polen	117
Litauen	106
Irland	97

Krügel Bier (0,5l) pro Kopf geleert.